Domineert Susan 3
Een Nieuwe Meester

Domineert Susan 3 Vol. 1

Erika Sanders

Domineert Susan 3
Een Nieuwe Meester
(Erotische Overheersing)
Van
Erika Sanders
serie
Domineert Susan 3 Vol. 1

Omslagfoto: @ Khusen Rustamov - pixabay, 2024

Eerste editie: 2024

Contact email:

erikasanders98@gmail.com

Samenvatting

Susan pakt de stukken van haar leven op en gaat de toekomst tegemoet met de hulp van haar vrienden...

Een Nieuwe Meester (Erotische Overheersing) is een roman met een sterke erotische BDSM-component en opnieuw een nieuwe roman uit de Erotic Domination Collection, een romanreeks met een hoogromantische en erotische BDSM-component.

Het is ook het eerste deel in de **Domineert Susan 3**-serie, die de avonturen vertelt van Susan, het alter ego van de schrijfster, in haar facet van onderwerping.

Opmerking voor de auteur:

Erika Sanders is een internationaal bekende schrijfster, vertaald in meer dan twintig talen, die haar meest erotische geschriften, ver van haar gebruikelijke proza, signeert met haar meisjesnaam.

Inhoudsopgave:

DOMINEERT SUSAN 3
EEN NIEUWE MEESTER
(EROTISCHE OVERHEERSING)
ERIKA SANDERS

Susan lag als een zeester terwijl het deinende lichaam boven haar bij elke stoot gromde. Nog een mislukte poging om wat plezier te vinden in haar lege wereld, "Dam you Robert!" Ze schreeuwde in gedachten toen de man uiteindelijk kreunde en van haar af rolde. Ze draaide haar hoofd om naar hem te kijken. Ze had gedacht dat het deze keer anders zou zijn; ze had er deze keer zorgvuldig voor gekozen om met een oudere man te flirten, omdat ze redeneerde dat hij in ieder geval als een minnaar zou worden ervaren en in staat zou zijn haar op zijn minst halverwege de klimatologische hoogten te brengen waarin ze zo korte tijd leefde. Het enige wat ze nu voelde was afkeer van het sperma dat langs haar dij sijpelde, en ze vroeg zich opnieuw af wat ze in vredesnaam aan het doen was. Ze stond op en kleedde zich snel aan.

"Hé schat, waar ga je heen? Dat was maar een opwarmertje," zei de kerel, en ze draaide zich naar hem toe met een onschuldige glimlach.

'Ik denk niet dat ik het aan zou kunnen als mijn wereld voor de tweede keer op dezelfde manier op zijn kop zou staan. Sorry, ik moet gaan,' spinde ze en pakte haar tas en verliet de kamer voordat hij nog meer kon zeggen.

Ze pakte haar telefoon en sms'te: 'Wat een vergissing was dat, koffie halen bij de Nachtuil.' Twintig minuten later zat Susan aan een tafeltje bij de toonbank toen een onberispelijk geklede Cassandra binnenkwam en glimlachend tegenover haar ging zitten.

"Hoe lukt het jou altijd om er zo geweldig uit te zien?" Susan glimlachte terug. 'Het is drie uur in de ochtend, in godsnaam, en kijk eens naar jou.' Ze gebaarde op en neer.

Cassandra lachte zelfspot: 'Dus het ging toen niet goed?'

'Nee,' kreunde Susan terwijl ze haar hoofd in haar handen legde. 'Robert heeft mij voor iemand anders verpest.'

"Nu schat, je weet dat dat niet waar is. Je zoekt niet op de juiste plekken, en dat weet je. Je hebt je nu al bijna zes maanden op de een of andere manier verborgen voor je vrienden. Het is tijd om terug te gaan, vind je niet?" Cassandra reikte over de tafel heen en hield haar hand vast. "De vanillewereld is niet voor jou en mij... "

'Ik kan ze gewoon niet allemaal aan zonder Robert. Al hun medelijden en vriendelijkheid, bla', trok ze een gezicht.

" Natuurlijk kan dat! Je bent sterker dan wie dan ook ooit de eer geeft dat je jezelf erbij hebt betrokken. Geen zwakke kleine piep had Robert... en anderen zo in vervoering kunnen brengen... en anderen door de geluiden ervan. Laten we realistisch praten over wat je zoekt." want tijdens deze one night stands heb je altijd spijt."

Cassandra was de afgelopen maand haar metgezel en de onofficiële babysitter geweest toen ze Andrews aanbod om zijn strandhut te gebruiken aannam. De hut, zoals hij die noemde, had meer de stijl van een eersteklas strandhuis, en Cassandra was voor het grootste deel een stille metgezel gebleven, die slechts af en toe zinspeelde op haar ongenoegen over Susans gedrag. Susan was een beetje verbaasd dat Cassandra dit moment had benut om niet alleen over haar terugkeer naar de stad te praten, maar ook over de levensstijl die Robert met haar had gedeeld.

'O, kijk niet naar mij als die jongedame,' klikte Cassandra. 'Je weet net zo goed als ik dat je hier nooit zult vinden wat je nodig hebt om je te verstoppen. Het is tijd om een aantal waarheden toe te geven, tenminste aan jezelf, en niet aan mij. Robert heeft er misschien een naam aan gegeven, maar jij was onderdanig en genoot van de ideeën van overheersing voordat jij de zijne werd, nietwaar?"

Susan knikte terwijl ze zich haar gedoemde pogingen herinnerde om de seks met haar vriend Harry wat spannender te maken, voordat Robert haar als de zijne opeiste. Ze herinnerde zich Harry's veeleisende gedrag en arrogantie en hoe ze op zijn grillen inging. Het was een vreselijke relatie, maar ze wist toen niet beter, nu wel. Dat was wat Cassandra haar probeerde te vertellen: mannen als Harry en one night stands zouden haar nooit geven wat ze nodig had. Ze hunkerde naar de controle en het harde gebruik van een dominante als Robert. Haar ogen werden troebel en ze keek opnieuw naar Cassandra: 'Verdomme, Cassandra! Wat moet ik nu doen?'

" Nou, je bent nu een zeer rijke jonge vrouw en met een paar slimme investeringen zou je een paar katten kunnen kopen en je voor altijd kunnen verstoppen als je dat wilt. Ik hoop echter dat je zult beseffen dat het leven voor de levenden is en dat je weer deel zult uitmaken van de wereld die Robert gemaakt heeft." Jij maakt deel uit van een wereld die je heel erg mist en wacht om je thuis te verwelkomen,' zei Cassandra met een zachte, sympathieke stem. "Robert was jouw wereld, zoals hij had moeten zijn, maar nu zou hij slechts de eerste van honderd verschillende smaken van kink moeten zijn die je gaat proberen. Geloof me, het proberen van een paar andere smaken zal de liefde die je voor hem voelde niet verbeteren. minder, het zal gewoon meer een herinnering worden zoals het zou moeten zijn."

"Het leven is om te leven, hè?" Susan lachte verdrietig.

'Je ziet mij toch niet verstoppen na het verlies van mijn echtgenoot en Meester van veertig jaar, hè?' Cassandra benadrukte haar punt.

'Heb je nog steeds...' fluisterde Susan met een stem van ontzag.

"Natuurlijk, lieveling, ik ben oud en niet dood!" Ze lachte hartgrondig.

Ze bleven praten totdat de zon boven de waterige horizon van de oostkust stond, voordat ze naar huis gingen en naar bed gingen. Het late uitslapen dat Susan had gepland, werd verstoord door een bons en vervolgens het gepiep van haar eigen deur toen Cassandra haar volledig wakker maakte om uit te leggen dat ze bezoek hadden en in plaats van uit te leggen over de late avond, had ze gezegd dat Susan aan het lezen was.

"Sta op en kleed je snel aan, we hebben gasten", glimlachte Cassandra.

Susan besefte dat het waarschijnlijk Andrew, Gregory of Barry was voor de wekelijkse controle en stond op, trok een korte, nauwsluitende katoenen jurk aan en waste haar gezicht voordat ze haar haar in een rommelige vorm van een paardenstaart vastmaakte. Ze haastte zich naar buiten en ging langzamer lopen, vlak voor de woonkamer. Voordat ze kon zien wie de gasten waren, werd ze omhelsd in een knuffel waardoor ze op haar rug op de grond lag met een lachende Cinthia in haar nek.

"Cinthia!" Susan gilde verrukt en geschokt: 'Hoe? Wanneer? Wauw!'

'Ho, Cinthia, doe het meisje geen pijn met je groet,' Barry ging plotseling boven hen staan en hielp hen overeind. 'Ze smacht naar je sinds je weer weg bent gegaan. Het was het enige wat ik kon doen om te voorkomen dat ze Andrew en Gregory zou bijten, totdat ze ermee instemden je dit weekend door ons te laten verrassen.'

Susan keek langs Barry heen terwijl hij sprak en zag Gregory op de achtergrond zweven naar de uitbundige begroeting.

'Wat geweldig om u te zien, Meester Barry en Sir Gregory, hartelijk dank dat u Cinthia bij mij heeft komen opzoeken. Ik heb haar enorm gemist,' zei Susan enigszins formeel terugvallend in het aanspreekpatroon dat Robert haar had bijgebracht toen ze andere mensen begroette. dominanten.

'Het is niet nodig om hier op een ceremonie te staan, klein merrieveulen,' pakte Barry Susan op in een enorme berenknuffel, waardoor ze piepte van plezier.

'Nou, Cassandra vertelt me dat het tijd is om terug te keren naar het land der levenden, dus ik moet mijn vaardigheden echt een beetje opfrissen,' grijnsde Susan en gaf Cassandra een scheve glimlach.

'Dat is geweldig nieuws,' zei Cinthia zachtjes met haar diepe stem.

" Dat is inderdaad zo ," glimlachte Gregory en haalde haar uit Barry's omhelzing, omhelsde haar en zette haar zachtjes op haar voeten. "Je ziet er moe uit Susan, heb je nog steeds moeite met slapen?" Er klonk bezorgdheid in zijn stem.

"Nee, ik ben gisteravond gewoon veel te laat opgebleven. Ik weet niet hoe Cassandra er altijd zo fris en mooi uitziet na een late avond," haalde Susan listig de schijnwerpers van zichzelf af en scheen die op de oudere vrouw, met het gevoel alsof ze had meer tijd moeten nemen om zich aan te kleden en voor te bereiden op het begroeten van deze gasten.

'Vleierij brengt je overal,' grijnsde Cassandra terwijl de mannen hun instemming mompelden. 'Ga maar naar het dek, dan zal ik wat te drinken meenemen,' vervolgde ze en haastte zich naar de keuken.

'Ik zal helpen,' bood Gregory aan, en hij liet zich niet afschrikken toen Cassandra hem probeerde weg te jagen. Toen ze eenmaal in de keuken waren, vroeg ze: 'Hoe heb je haar ertoe aangezet om naar huis terug te keren?'

"Geduld lieve jongen, ze moest eerst nog wat dingen uitwerken, maar ik denk dat ze klaar is om de wereld waaruit ze vluchtte opnieuw te betreden." Ze schonk koffie in en verzamelde sap uit de koelkast.

'Het is goed nieuws; ze is gemist,' zei Gregory terwijl hij het dienblad oppakte dat Cassandra in elkaar had gezet.

' Zo lijkt het. Jij en Robert waren close , nietwaar?' Cassandra vroeg op een gemoedelijke manier haar nieuwsgierigheid en voelde dat er nog meer was dat Gregory niet zei.

'Hij was mijn mentor en een van mijn beste vrienden,' knikte Gregory. 'Ik wil gewoon weten dat er goed voor haar wordt gezorgd.'

'Voor zo'n arrogante klootzak heeft Robert zeker loyaliteit onder zijn vrienden gewekt,' grinnikte Cassandra en Gregory glimlachte.

'In je hart ben je nog steeds een snotaap, nietwaar? Je hebt gelijk, ook al kon hij soms een arrogante klootzak zijn; het was een deel van zijn charme.' Hij grijnsde: 'Als je op een berisping aan het vissen was, kijk dan ergens anders, ik zal niet degene zijn die je de pak slaag geeft die je verdient,' berispte Gregory haar.

'O, poep,' zette ze een pruillip op, 'ik kan het een oud meisje niet kwalijk nemen dat ze het probeert.' Gregory lachte en liep met haar terug naar het dek.

weet het gewoon niet en ik denk dat, aangezien Andrew mijn voogd is, ik het hem zou moeten vragen. Oh Goh, dat laat me klinken als een kind of een verzorgde vrouw,' lachte Susan om haar eigen woorden.

Cinthia hinnikte en haar geamuseerdheid werd duidelijk toen Gregory en Cassandra bij het kleine gezelschap gingen zitten. Gregory trok een wenkbrauw op: 'Waar ben je niet zo zeker van?'

"Voordat... nou weet je," de stem van Susan haperde een beetje voordat hij kunstmatig helderder werd, "had Robert samen met een paar van zijn vrienden een trainingsschema voor mij georganiseerd. Hij wilde dat ik enkele van de verschillende facetten van zijn levensstijl zou ervaren. Hij vertelde me ze hadden allemaal kwaliteiten die inherent waren aan hun opleiding en waar ik van kon profiteren." Gregory en Cassandra keken haar allebei aan en knikten instemmend met haar verklaring.

'Meester Barry heeft zojuist aangeboden om zich aan de afspraak met Robert te houden en nodigde mij uit op de ranch voor een intensieve training bij Cinthia,' legde Susan verder uit.

'Is dat iets waar je je klaar voor voelt?' Opnieuw raakte de bezorgdheid van Gregory de stem, waardoor Cassandra naar hem keek en hem nog eens aandachtig bestudeerde.

"Ik weet het niet. Zoals ik al zei, ik weet het niet zeker, en ik heb het gevoel dat ik er met meester Andrew over moet praten, of met Alan..." ze beet in gedachten op haar lip, "ik bedoel meester Alan, Daar ben ik nog niet helemaal aan gewend; Robert deelde mijn voogdij tussen hen." Susan legde het onnodig uit.

'Zoals ik het begrijp, is de ene voor zaken, de andere voor plezier,' lachte Cassandra. 'Beide zeer knappe Masters. Veel meisjes zouden een moord doen om in jouw schoenen te staan.' Ze plaagde Susan en grijnsde.

'Waarom gaan jullie twee meisjes niet een strandwandeling maken om bij te praten? Dat was het hele doel van hierheen te komen. Dat en Gregory te behoeden voor nog meer bijtwonden,' mompelde Barry lachend. Zonder twee keer gevraagd te worden, pakte Cinthia Susans hand en liep de dektrap af en ging voor naar het strand.

'Niemand neemt het je kwalijk dat je wat tijd nodig hebt. De manier waarop het allemaal is gebeurd, het was gewoon verschrikkelijk.' Cinthia wilde de herinnering niet ophalen en zei er niet meer over door een arm om Susans schouder te slaan. "Iedereen mist je , maar we begrijpen het, weet je."

Susan knikte dankbaar, omdat ze graag van onderwerp wilde veranderen. Ze vroeg: 'Dus nog sappige roddels?'

'Jij bent het, ben ik bang. Je bent er voor het laatst vandoor gegaan met een prins uit het Midden-Oosten,' zei Cinthia met een volkomen strak gezicht en Susan barstte in lachen uit.

"Maar serieus, denk eens na over de aangeboden training van Master. We zouden het leuk vinden als je bij ons blijft. En als je merkt dat ons ding niet jouw ding is, dan ben ik er zeker van dat de andere Masters de deal die ze met Robert hebben gesloten, zouden nakomen als je geïnteresseerd was, ' Cinthia moedigde haar aan. "Je kunt altijd stoppen als dat nodig is, maar het zou een goede manier zijn om andere mensen in de levensstijl te ontmoeten zonder jezelf als het ware op de vleesmarkt te begeven. Je zou de bescherming van Andrew en Alan hebben, dus in feite zou je verplicht zijn alleen naar de Mastertrainer waar je voor de afgesproken periode naartoe ging en je kon de overeenkomst zo formuleren dat er een opt-outclausule was."

'Denk je dat de vrienden van Robert dat voor mij zouden doen? Ze kenden me nauwelijks,' Susan overwoog eigenlijk het idee als ze, zoals Cinthia zei, zich op elk moment kon afmelden als ze zich niet veilig of gelukkig voelde met de situatie. Het beste van alles was dat het haar de kans zou geven iets van het geestdodende plezier te ervaren dat ze misschien met Robert had. Nou ja , meer kans dan ze hier in de vanillewereld had.

'Ik denk dat het je zou verbazen hoeveel begeerlijkheid je krijgt als je het enige meisje bent dat de halsband van Robert draagt,' glimlachte Cinthia, 'om nog maar te zwijgen van het feit dat je een lekker stuk slavenvlees bent. Als je jezelf op de veiling zou zetten, het bieden zou snel en furieus zijn."

'Hou op met plagen,' lachte Susan.

'Oké, ik zal het bewijzen,' zette Cinthia op superieure toon, 'als je er klaar voor bent, vraag dan Master om een vergadering van belanghebbenden van de club bijeen te roepen waar je recht op hebt en je zult zien hoe snel ze het eens zijn.'

'Denk je niet dat ik eerst langs Andrew en Alan moet gaan?' Susan was verbijsterd bij het idee om de belanghebbenden zelf aan te spreken.

"Andrew probeert je er misschien uit te praten. Hij is als een muur geworden tussen jou en je vrienden in de levensstijl. Je hebt geen idee hoe vaak ik zowel hem als Gregory heb moeten bijten om erachter te komen waar je je verstopte, ' Ze bloosde ondanks haar grijns. 'Als je besluit dat je het wilt doen, zal Meester namens je spreken, hoewel ik verwacht dat Gregory het toch aan Andrew zal vertellen. Hij kwam op ons passen en ervoor zorgen dat we je op geen enkele manier van streek maakten.'

Susan dacht erover na terwijl ze zwijgend langs het strand liepen. Cinthia was meestal een zwijgzame vrouw, Susan dacht dat dit het meeste was dat ze het andere meisje ooit had horen zeggen. Grijnzend stopte Susan en keek op naar Cinthia. 'Heb je je dagelijkse woordenschat opgebruikt om mij te overtuigen?'

"Zo ongeveer, beloof dat je erover nadenkt, je zult de ranch geweldig vinden en ik wil je vaker zien," omhelsde Cinthia haar en ze draaiden zich om naar het huis. 'Meester fluit al een paar minuten dat we terug moeten komen, we kunnen maar beter teruggaan.' Susan hoorde niets anders dan Cinthia's gehoor was legendarisch. Ze liepen in comfortabele stilte terug.

Susan wist dat ze met Andrew en Alan moest praten over het idee om het trainingsschema dat Robert voor haar had opgesteld te hervatten, of op zijn minst een beetje te veranderen. Ze bekleedde een functie in het bedrijf, maar die had ze in haar verdriet opgegeven. Ze moest weten dat ze naar het bedrijf zou kunnen terugkeren als ze nog meer tijd vrij zou hebben van haar werk om te trainen bij de verschillende Masters en hun meisjes die ermee instemden de deal die ze met Robert hadden gesloten, na te komen.

Het idee had echter haar gedachten in beslag genomen en ze gaf toe dat het veel beter en veiliger leek dan wat ze momenteel deed, zich hier in dit kleine strandstadje in een afgelegen huis verstoppend, in een poging one night stands op te pakken. om iets anders te voelen dan de enorme leegte die haar dreigde te overspoelen als ze aan die vreselijke dag in Italië dacht.

Cassandra's woorden van de avond ervoor galmden door haar hoofd: 'Je zoekt niet op de juiste plekken... Je hebt je verstopt... het is tijd om terug te gaan... de vanillewereld is niet voor mensen zoals jij en mij.. "

Tegen de tijd dat ze bij het huis aankwamen, had Susan een besluit genomen en na zes maanden van inactiviteit voelde ze zich energiek en kreeg ze een nieuw gevoel van doel. Trainen en de slaaf worden die Robert wilde, zou haar kunnen redden van het verdriet en de nachtmerries waar ze nog steeds aan leed. Cassandra had gelijk; het was tijd om de echte wereld opnieuw te betreden en de keuze te maken om het leven te blijven leiden dat ze net begon te verkennen met de man van wie ze had gehouden. Hij had dit voor haar gewild voordat ze hem verloor, hij zou het nog steeds voor haar willen; ze redeneerde tegen het schuldgevoel dat ze voelde toen ze verder ging. 'Robert zou dit willen,' zei ze resoluut tegen zichzelf.

Toen ze weer op het dek aankwamen, had Cassandra de lunch klaar staan, en de mannen waren al aan het eten, nadat ze een tijdje op hen hadden gewacht. Ze zette een bordje met eten voor Susan neer voordat ze nogmaals zei dat ze geen honger had. Cassandra nam een bord voor zichzelf en ging zitten.

Susan at rustig en zonder na te denken, terwijl haar geest nog steeds ruzie maakte met zichzelf nadat ze de beslissing had genomen. Het was een moeilijk proces om het schuldgevoel dat voortkwam uit haar verdriet van zich af te schudden, en ze vroeg zich af hoe Andrew en Alan zouden reageren als ze het hen vertelde. Zonder het te beseffen zat ze een tijdje op haar lip te kauwen, en Gregory stelde haar twee keer een vraag voordat hij haar arm aanraakte en haar uit de gedachten trok die haar bezig hielden.

'Ik eet nog steeds niet, zie ik,' zei hij. 'Geen wonder dat je moeite hebt om op de vragen aan tafel te letten.'

'Het spijt me zo, Sir Gregory,' mompelde Susan en schoof een mondvol eten langs haar lippen.

'Zoals het hoort,' glimlachte hij, 'waren jij en Cinthia een tijdje weg, helemaal ingehaald?'

"Oh ja, blijkbaar is Cassandra een prins uit het Midden-Oosten en ik heb het nooit geweten!" zei ze ernstig, en Cinthia hinnikte van plezier.

Cassandra sputterde en keek op: 'Ik ben een wat?'

'Volgens de laatste roddels ben ik ervandoor gegaan met een prins uit het Midden-Oosten. Het is nogal zonde om terug te gaan en te bewijzen dat dat gerucht vals is. Het klinkt zo opwindend,' grijnsde Susan uiteindelijk.

' Dus je komt terug naar de stad?' Gregory vroeg: 'Of ga je terug naar je ouders?'

'Ik zou heel graag met meester Andrew en meester Alan willen praten over het idee dat meester Barry had... de training voortzetten die Robert voor mij wilde', zei ze voorzichtig. Hoewel ze de beslissing had genomen, wist ze nog steeds niet helemaal zeker hoe ze het precies wilde aanpakken. 'Ik moet waarschijnlijk eerst naar huis gaan en mijn familie bezoeken; ik weet dat ze zich zorgen maken,' beet ze nadenkend op haar lip.

'Het lijkt erop dat je bezoek precies op het juiste moment kwam,' zei Dorothy tegen Barry. 'We zeiden vanochtend net dat het tijd was om ons weer bij het land der levenden te voegen. Nietwaar, Susan.'

'Dat waren we, dat is waar,' glimlachte Susan.

"Laten we dan het moment grijpen, Cinthia helpt je met inpakken na de lunch en Gregory kan je naar het huis van je ouders brengen en je kunt de nacht bij hen doorbrengen zodat ze je beter dan ooit kunnen zien, ook al ben je te mager," opende Susan haar mond. en maakte een paar keer lawaai, maar Cassandra negeerde haar pogingen om haar te onderbreken met de efficiënte organisatie van haar leven: 'Dat kun je toch wel, Gregory , je hebt je eigen auto meegenomen, nietwaar?'

Gregory leunde achterover in zijn stoel en keek naar de vrouw die zowel onderdanig als dominant respecteerde, voordat hij zwijgend knikte. Zijn gedachten waren bezig met de logistiek van de stagiair-managers die het fort van de club bewaakten en hij besloot Barry te bellen om er zeker van te zijn dat hij aanwezig zou zijn.

'Susan, bel je moeder. Ik weet zeker dat ze blij zal zijn. Cinthia en ik zullen de keuken opruimen en beginnen met inpakken. Mannen,' ze draaide zich om en keek naar hen, 'ik geloof dat er een soort voetbalwedstrijd is.' op die ingewikkelde tv daarbinnen, of ga zwemmen, maar zorg dat je niet onder de voeten loopt."

Meegesleept door de wervelwind van Cassandra op een missie, merkte Susan dat ze ingepakt was en klaar om binnen twee uur te vertrekken. Ze viel op naast de auto's waarmee afscheid werd genomen van Barry en Cinthia: 'Het spijt me dat we vandaag geen echte tijd samen hebben kunnen doorbrengen.'

'We kwamen alleen maar om er zeker van te zijn dat je veilig en gelukkig was,' zei Cinthia terwijl ze haar zachtjes omhelsde.

"Ik kwam om te voorkomen dat ze iemand anders zou bijten, ze krijgt echt een slechte reputatie," mompelde Barry en sloeg Cinthia's kont. 'Ik hoop dat dit kleine bezoek haar tot rust zal brengen, totdat je ons op de ranch komt opzoeken.' Hij pakte haar op in een van zijn berenknuffels en kneep in haar totdat ze luid piepte. "Ik hou van dat geluid dat je maakt als ik je net genoeg knijp." Hij zette haar neer en Cinthia streek ten afscheid tegen haar wang.

Barry toeterde en wachtte tot Cassandra en Gregory verschenen voordat hij vertrok voor de terugreis naar hun ranch.

"Ik blijf nog een paar dagen; ik vind het hier geweldig en ik moet mijn oude batterijen opladen met wat rustige overpeinzingen," omhelsde ze Susan. "Je bent bij Gregory in goede handen. Laat je moeder je eten geven." een dag of twee voordat je naar de stad gaat, wacht alles waar je aan denkt op je."

Gregory opende de autodeur voor Susan en Cassandra liet haar gaan: 'Zorg goed voor haar, Gregory, ze is kostbaar.'

'Ik weet het,' glimlachte hij en stapte aan de bestuurderskant. 'Doe je gordel om, Susan.' Hij wachtte tot ze zich had vastgemaakt voordat hij de motor startte en wegreed, Cassandra achterlatend om van haar eenzaamheid te genieten. 'Je zag er moe uit, probeer wat te slapen voordat we bij je ouders zijn. Ik wil niet dat je in de problemen komt omdat je niet voor jezelf zorgt. Cassandra heeft gelijk, je bent op dit moment te mager.'

'Dank je,' zei ze zachtjes, 'het spijt me dat Cassandra je heeft gepest om me naar huis te brengen. Ik weet zeker dat je betere dingen te doen hebt dan me rond te rijden.'

'Het is eigenlijk leuk om jullie gezelschap te hebben,' glimlachte Gregory.

'Laten we eens kijken of je je ook zo voelt nadat ik begin te snurken,' zette Susan haar stoel iets naar achteren.

"Rust maar uit, kleintje," grinnikte Gregory, "ik zal de stereo harder zetten om je snurken te dempen als het te luid wordt ."

*****

Caty liep druk om de auto heen voordat deze zelfs maar tot stilstand was gekomen. Susan was dankbaar dat Gregory haar twintig minuten voor aankomst wakker had gemaakt en dankzij de bereidheid van Cassandra had ze alles wat ze nodig had om er fris uit te zien en zich verfrist te voelen in een klein tasje aan haar voeten in de auto.

"Schat, je bent hier!" Caty riep uit alsof het een verrassing was en gebaarde naar Paul: 'Kijk wie hier is. Kijk wie hier is!'

'Hé, daar Susy,' zei Paul terwijl ze uit de auto stapte. 'Bedankt dat je haar hebt opgehaald , Gregory. Mag ik je verleiden om te blijven eten?'

'Hoe zou ik de kans kunnen laten liggen om de legendarische keuken van je vrouw te proeven? Je weet dat Alan voortdurend opschept dat ze hem voorziet van de beste bitterkoekjes van het land.' Gregory glimlachte en accepteerde het aanbod vriendelijk. Tijdens hun korte telefoongesprek had Andrew er bij Gregory op aangedrongen om bij Susan te blijven, waarbij hij uit persoonlijke ervaring had uitgelegd hoe gemakkelijk het is om terug te vallen in verdriet en melancholie, zelfs als alles zoveel beter lijkt. Gregory dacht niet dat dit bij Susan het geval zou zijn, maar hij had er niet op ingegaan en had ermee ingestemd zo lang te blijven als haar ouders hem toestonden.

Hij reikte naar de achterbank van de auto en haalde er een fles rode wijn en een klein bosje bloemen uit. “Onze vrienden hadden mij gewaarschuwd om uw genereuze gastvrijheid te verwachten”, zei hij vriendelijk.

'Als we opengaan, moet je misschien blijven overnachten,' keek Paul goedkeurend naar de fles. 'Caty laat Susan even met rust en komt onze nieuwe vriendin gedag zeggen. Het bed in de logeerkamer is opgemaakt, nietwaar ?'

" Natuurlijk, wat voor soort huis denk je dat ik hier run!" Caty wilde Gregory omhelzen en zijn wang kussen alsof ze al oude vrienden waren.

'Je bent net zo mooi, en Alan zei tegen mij: als je kookkunst maar half zo goed is , steel ik je misschien wel van je man,' vleide Gregory haar en genoot van de blos die zijn woorden opwekten.

'Iedereen wil mijn vrouw stelen,' Paul gooide zijn handen in de lucht. 'Laten we naar binnen gaan en de koelkast plunderen. Susy, je moeder is gaan winkelen zodra je belde. Al je favorieten staan daarin opgeslagen.' Zijn arm sloeg zich om haar schouder toen ze naar binnen liepen, en hij leunde dichterbij en vroeg: 'Hoe gaat het eigenlijk met je ?'

"Ik voel me goed papa, beter dan ik heb sinds..." haar ogen werden bewolkt. "Nou, weet je." Hij kneep in haar schouder en knikte.

"Raak mijn koelkast niet aan Paul, je bent op dieet weet je nog ?" riep Caty terwijl ze achter hen aan snelde.

'Ze probeert mij uit te hongeren !' Paul klaagde luid.

'Maak je geen zorgen, papa, ik zal je wat lekkers geven,' knipoogde Susan en Caty snoof geërgerd naar hen beiden.

Gregory grinnikte terwijl hij naar het tafereel keek. Hij had geloofd dat de lieftallige, onderdanige aard van Susan voortkwam uit een gezaghebbende patriarchale familie, en hoewel hij van zowel Alan als Robert van hen had gehoord tijdens de nasleep van het jubileumfeest, toen Barry eropuit was gestuurd om haar hele appartement in één avond te verhuizen. was hij nog steeds niet voorbereid op het warme, liefdevolle tafereel waarvan hij getuige was.

Het besturen van de club als Roberts rechterhand in de jaren van Andrews afwezigheid had hem een goed begrip opgeleverd, althans dat dacht hij van wat vrouwen ertoe bracht hun onderdanigheid te omarmen. Meisjes uit gebroken gezinnen, of uit een gewelddadig verleden, meisjes met vadercomplexen die hunkerden naar die gezaghebbende controle, maar Robert had hem opnieuw verrast door zijn keuze voor Susan. Ze paste niet in het typische masochistische profiel waar Robert altijd de voorkeur aan had gegeven. Het ontbrak haar niet aan zelfvertrouwen en Paul leek ook niet de strenge discipliner die hij had verwacht. Toch kende hij de kleine jonge vrouw vóór hem als de slavenslaaf van een van zijn beste vrienden.

Hij schudde zijn hoofd bij het naast elkaar plaatsen van de verschillende facetten van Susans leven en vroeg zich doelloos af hoe zij zich gedroeg in de professionele wereld van Roberts bedrijf. Als hij het zich goed herinnerde was ze een zakenman, en hij probeerde haar voor te stellen in zakenkostuums en hoge hakken in plaats van in de onthullende outfits die ze naar de club droeg of in de eenvoudige zomerjurken die ze op dat moment droeg .

Toen ze zich eenmaal in hun kamers hadden gevestigd, gingen ze naar de binnenplaats en gingen in de koele schaduw van de bomen zitten. Het was Susan die uiteindelijk de comfortabele stilte verbrak. 'Het spijt me dat ik de afgelopen maanden ondraaglijk ben geweest', zei ze tegen haar ouders.

'Stil maar,' haar moeder wuifde de verontschuldiging weg, 'je had een goede reden. We hielden allemaal van Robert.' Caty's ogen begonnen te benevelen.

'Nu, nu, mijn liefste,' begon Paul, maar Susan maakte het voor hem af.

'Niet waar Susan bij is,' giechelde ze. "Het is oké, echt waar. Met mij gaat het goed. Wat zeggen ze? Je kunt niet achteruit, alleen vooruit, en ik heb mijn leven te lang in de wacht gezet. Robert stierf; ik niet, en een wijze vriend vertelde me onlangs dat het leven voor de levenden was. Ik zal altijd van hem houden, weet je, en zijn herinnering dicht bij mijn hart houden, maar het is tijd om de wereld weer te omarmen.' Susan keek naar de bezorgdheid op de gezichten van haar ouders en wist dat ze niet overtuigd waren. Ze keek naar Gregory voor hulp.

"Ik zou gewoon blij zijn als je meer zou eten, je bent veel te mager geworden en ziet er te zwak uit. Helemaal niet de stoere kleine Susan die ik kende. Dus wat staat er op het menu voor het avondeten Caty, ik heb hier naar uitgekeken hele rit hierheen," veranderde Gregory tactvol van onderwerp.

'Gewoon wat pasta, vrees ik, niets bijzonders,' maar ze gloeide van trots bij het compliment voor haar kookkunsten.

'Ze heeft zich druk gemaakt over pasta al'ama,' zei Paul fluisterend tegen Susan, die breed glimlachte.

" Oh lieverd, daar hou ik van!" Susan enthousiast. "Ze maakt eend. Het is een van mijn favorieten!" Ze vertaalde voor Gregory.

"Geweldig, ik kan niet wachten!" Gregory zei enthousiast: "Het zal geweldig gaan met de rode die ik heb meegenomen."

'Hoe lang blijf je Susy? Je moeder heeft genoeg eten gekocht om je zes maanden te voeden, al je favorieten!' Paul grinnikte.

'Nu ik de beslissing heb genomen om me weer bij het land der levenden te voegen , wil ik er eigenlijk weer naartoe,' zei ze zachtjes, omdat ze haar ouders niet wilde teleurstellen met zo'n kort verblijf. 'En ik vroeg me af of ik je professionele advies ergens over kon vragen, misschien morgenochtend?' Ze liet haar ogen flitsen naar haar moeder die op het puntje van haar stoel zat , maar was stil gebleven vanwege de hand die Paul op haar schouder had gelegd om haar klachten te verzachten.

'Geen tijd zoals nu,' glimlachte Paul, 'kom naar mijn studeerkamer en ik zal die grappige witte pruik opzetten waar je zo graag om lacht.'

haar uitstak, volgde ze haar. Gregory moest toegeven dat hij onder de indruk was van de man. Zijn subtiele dominantie over zijn vrouw en dochter kwam tot uiting in de manier waarop hij kalm sprak op een toon die geen ruzie duldde, en in de fysieke gebaren die hij met zijn vrouw maakte om haar emotionele uitbarsting over Susans schijnbare verlangen om naar de stad terug te keren te stillen.

Susans gezinsleven niet nauwkeurig had onderzocht , had hij misschien alleen maar de liefdevolle warmte gezien waarmee hij deze dingen deed, maar Gregory twijfelde er niet aan dat de man de koning van zijn kasteel was. Hij draaide zich om om een praatje te maken met Caty en vroeg naar recepten en dergelijke voor een vriend van zijn

Barry, een chef-kok die altijd zijn menu wilde veranderen en met eten wilde experimenteren.

Terwijl ze in de studeerkamer van haar vader stond, voelde Susan zich weer een dwalende tiener. Dit was de kamer geweest waarin ze nooit ruzie had gemaakt met haar vader. Ze gaf haar wandaden toe en nam de straf die hij haar oplegde. Het leek vreemd om hier zijn advies te vragen, maar op de een of andere manier passend. Deze kamer herinnerde haar aan zijn intelligentie en zakelijk inzicht. Hoe hij een partnerschap in een groot bedrijf had verlaten en voor zichzelf was begonnen om niet lang nadat ze was geboren een privépraktijk te beginnen, waardoor ze het leven kreeg waar ze van genoot in dit idyllische plattelandsstadje toen ze opgroeide.

'Ga zitten, Susan,' lachte hij, 'je bent hier geen kind voor een uitbrander.'

Om de een of andere reden was ze plotseling zenuwachtig. Het was allemaal zo logisch in haar hoofd geweest toen ze er de afgelopen weken over nadacht, maar nu ze hier in deze kamer was, kon ze geen woorden meer vinden.

'Ik ben rijk,' flapte ze er plotseling uit om te beginnen. 'Dankzij Robert bedoel ik.'

'Laten we het onafhankelijk rijk noemen,' glimlachte Paul, 'en ja, dankzij Robert ben je buitengewoon goed verzorgd. Waar gaat dit heen?' vroeg hij scherp.

'Ik denk niet dat ik het aandurf om bij Roberts bedrijf te werken, omringd door onze vrienden en de herinneringen. Het gaat goed met mij,' haastte ze zich om hem gerust te stellen, 'maar ik vroeg me af wat de logistiek zou zijn van het kopen van een kleine franchise of een eigen bedrijf. Ik bedoel: heb ik genoeg kapitaal? Ik heb een diploma bedrijfskunde en weet hoe alles werkt, maar ik heb geleerd dat de realiteit van kleine bedrijven vaak helemaal niet lijkt op wat ze in schoolboeken leren.' Ze liet de adem ontsnappen waarvan ze niet wist dat ze die inhield toen ze eindelijk op haar punt kwam.

'Dat hangt van het bedrijf af. Had je iets speciaals in gedachten?' Paul keek naar de jonge vrouw die aan de andere kant van zijn bureau zat en probeerde de situatie vanuit het standpunt van een advocaat te bekijken in plaats van vanuit het standpunt van een vader.

"Ik dacht meer aan de detailhandel, een speciaalzaak dan aan productie," zei ze hoopvol. "Misschien iets leuks, zoals redelijk geprijsde designerjurken of sierraden, of een combinatie van die twee."

"Ik vermoed dat je met de inkomsten die je elk kwartaal hebt ontvangen uit de dividenden van de aandelen die je in het bedrijf van Robert houdt, het je zou kunnen veroorloven om je eigen designerhuis of juwelierszaak te openen", zei Paul.

'Ik dacht eraan dat ik, als ik terugkom, met Alan zou praten over het feit dat ik misschien eerst een aantal fabrikanten en detailhandelszaken zou gaan bezoeken om te zien hoe ze het doen. Zorg ervoor dat het voor mij het juiste is om in te investeren,' zei ze rustig.

'Dat is een slimme manier om het te benaderen,' beaamde Paul en hij was trots op de duidelijke volwassenheid van zijn dochter in haar denkprocessen. Toen het gesprek begon, was hij bang geweest dat ze op het punt stond om iets frivools of gevaarlijks te vragen, vlieglessen in haar eigen privéjet of iets dergelijks.

'Het zou een flink eind reizen betekenen, en weet je mama,' Susan hoefde de zin niet af te maken toen ze haar vader zag knikken en nadenkend keek.

'Je zou haar een paar keer mee kunnen nemen,' stelde Paul voor.

'Misschien, maar het is iets dat ik graag alleen zou willen doen, iets dat aan mij ligt, weet je. Van hieruit ging ik voor Robert werken, er was altijd iemand die voor me zorgde.' Ze keek haar vader in de ogen en rechtte haar schouders: 'Ik wil zien hoe het is om grote keuzes in mijn leven te maken, ten goede of ten kwade, en weten dat ik nog steeds een huis en inkomen heb als het niet lukt. ." Ze glimlachte scheef: 'Vijfenzeventig procent van de eerste zaken mislukt, maar ik zou het heel graag willen proberen. Ik ga niet alleen reizen; mijn PA gaat met me mee, als ik haar alles vertel, weet ik het zeker.'

' Dus in wezen,' grijnsde Paul, 'gaat dit meer over de omgang met je moeder dan over zakelijk advies.' Susan bloosde diep en beet op haar lip. 'Net als je vader ben ik er trots op dat je bent opgegroeid tot een intelligente, bedachtzame jonge vrouw, en ik zal je moeder zoveel mogelijk helpen, maar we weten allebei hoe ze zal reageren op langdurige afwezigheid, vooral na wat er is gebeurd in Italië." Susan trok een grimas en knikte terwijl ze haar mond opendeed om iets te zeggen, maar hij hield zijn hand op om haar stil te krijgen.

'Als uw advocaat wil ik u echter waarschuwen voor het nemen van overhaaste beslissingen en raad ik aan dat alle zakelijke transacties van persoonlijke aard, buiten het bedrijf, waar uw belangen in de veilige handen van Alan en Andrew zijn gehouden, via mij verlopen. is niet onderhandelbaar Susan , Paul keek haar streng aan en zei: "Geen enkele zakenman zou handelen zonder het advies van een advocaat."

'Ik begrijp het,' glimlachte Susan.

"Goed, nu zal ik de dividenden die je verdient investeren in een aantal kortetermijninvesteringsobligaties , zeg maar zes tot twaalf maanden. Dat geeft je voldoende tijd om te reizen en al je opties te verkennen," was Paul helemaal zakelijk terwijl hij op tikte. zijn computer. "Twaalf maanden zou beter zijn om ervoor te zorgen dat je over voldoende kapitaal beschikt, zonder het grotere bedrag aan te raken dat al in langetermijninvesteringen is geïnvesteerd."

"Bedankt papa, en bedankt dat je me zojuist niet als een gewonde vogel hebt behandeld. Het gaat echt goed met me. Ik zou alleen willen dat alle anderen om me heen niet meer op eierschalen zouden lopen. Het was verschrikkelijk, en ik schrik nog steeds van harde geluiden , maar het gaat goed met me." en ik ben klaar om weer te gaan leven', zei Susan vol overtuiging.

"Wie probeer je te overtuigen, mij of jezelf?" Paul lachte en liep om het bureau heen. 'We kunnen maar beter naar buiten gaan, anders wordt je moeder chagrijnig omdat we de maaltijd hebben verpest. Wil je me een plezier doen?' Paul keek toe terwijl Susan knikte: 'Eet zoveel als je kunt en drink veel. Ze zal gemakkelijker te overtuigen zijn als je jezelf niet blijft uithongeren.'

Susan lachte en stemde ermee in. Paul hoefde zich geen zorgen te maken dat Susan honger had, en het eten was zoals gewoonlijk voortreffelijk. Ze had een heel goed gevoel over de beslissingen die ze de afgelopen vierentwintig uur had genomen en nadat ze haar vader had overtuigd van haar terugkeer naar een rationele gemoedstoestand, hoefde ze alleen maar de hindernis te overwinnen om haar voogden en beschermers, Andrew en Alan, te overtuigen.

'Het spijt me allemaal; ik denk dat ik vroeg naar bed moet,' zei Susan en stond wankel van de tafel terwijl ze gezellig zaten te kletsen na het dessert dat ze had opgedrongen om haar ouders een plezier te doen. Ze had zich ontspannen en liet haar wijnglas tijdens de maaltijd verschillende keren bijvullen . Ze dronk zelden veel, en door het effect voelde ze zich zo heerlijk warm en behaaglijk dat haar ogen begonnen te hangen.

'Word je nog steeds wakker met de dromen?' vroeg Caty bezorgd.

'Nu minder vaak,' glimlachte Susan en liep naar de trap.

'Ik denk dat je misschien een hand nodig hebt,' ging Gregory naar haar toe en sloeg een arm om haar middel. 'Ik ben zo terug,' zei hij over zijn schouder terwijl hij de dronken Susan de trap op leidde.

'Je weet dat je erg knap bent,' zei ze terwijl ze opkeek naar de lange, kolossale man die haar ondersteunde toen ze boven aan de trap kwamen. 'Ik wou dat je erbij was geweest toen ik one night stands ophaalde. Je zou niet zijn weggegaan. Ik ben high en droog , dat weet ik zeker. Vanille is nu echt een vieze smaak, en ik was er dol op. Het is grappig, vind je niet?" Susan sprak zich totaal onbewust van de afschuw op Gregory's gezicht.

'Heb je mannen opgepikt? In bars?' er klonk ongeloof in zijn stem.

'Ja, dat leek me destijds een goed idee,' zei ze slaperig. 'Dud neukt ze allemaal. Cassandra legde uit dat vanille me nooit meer zou bevredigen. Toen kwamen Barry en Cinthia met hun idee, en ik dacht: wat maakt het uit? Er moet op zijn minst één dominante zijn die mij niet behandelt als een fragiele vogel met een gebroken vleugel en mij geeft wat ik nodig heb."

'Ga slapen,' gromde Gregory terwijl hij zijn humeur in bedwang hield, waardoor ze haar ogen weer opendeed om naar hem te kijken.

"Ik ben het medelijden in ieders ogen en de eierschalen waar iedereen om me heen loopt beu. Ik kan niet zomaar als een kapot stuk speelgoed op een plank worden gezet. Begrijp je dat goed?" Ze klonk alsof ze hem wanhopig probeerde te overtuigen, en hij was geschokt door haar woorden: 'Ik hield van Robert , maar hij is weg, hij heeft me verlaten, ik wil weer iets voelen, weet dat intense plezier dat hij me weer gaf, het hoeft geen liefde te zijn, maar gewoon iemand die mijn hersens eruit kan neuken zoals hij deed." Ze giechelde om haar eigen grove woorden en bedekte haar mond.

'Slaap Susan,' Gregory streelde haar haar en keek toe terwijl ze haar ogen sloot.

'Je bent heel knap,' fluisterde ze slaperig. 'Ik wed dat je mijn wereld op zijn kop kunt zetten.'

Gregory zei niets, maar wachtte tot haar ademhaling overging in het diepe slaapritme voordat hij de kamer verliet. Glimlachend kwam hij de keuken binnen waar Caty en Paul aan het opruimen waren. 'Normaal gesproken drinkt ze niet veel,' zei hij met een klein lachje.

"Nee, maar rode wijn is goed voor het lichaam, vraag het aan een dokter", zei Caty. 'Het was goed om haar zo ontspannen en gelukkig te zien. Heb je gezien dat ze het hele bord pasta en dessert heeft opgegeten? Ik denk dat we ons meisje misschien terug hebben uit haar donkere dagen,' omhelsde Caty impulsief Paul, terwijl haar ogen opnieuw mistig werden.

'Nu, mijn liefste, laten we het onze gast niet ongemakkelijk maken,' omhelsde Paul zijn vrouw.

" Eigenlijk dacht ik er alleen maar aan hoe comfortabel ik me hier voelde sinds onze aankomst. De legendes over jullie gastvrijheid zijn allemaal waar, ik ben blij om te kunnen melden," glimlachte Gregory naar het stel.

" Nou, ik zal jullie mannen mannelijke dingen laten doen en ook vroeg naar bed gaan," Caty veegde haar handen af aan een theedoek en kuste haar man welterusten. "Slaap lekker, Gregory," ze omhelsde hem kort en ging ook de trap op. .

'Wil je zien wat ik Susan voor haar verjaardag heb gegeven?' vroeg Paul met een ondeugende grijns.

'Ik wist niet dat ze binnenkort jarig was,' gaf Steven toe, 'maar vooruit, ik ben zeker nieuwsgierig.'

De mannen liepen naar de garage waar Paul trots een Nash Healy roadster onthulde. De tijd verstreek daarna snel toen autoliefhebber Gregory Paul overstelpte met vragen en zijn handen vuil maakte aan het sleutelen aan de motor. Een hoge schreeuw scheurde door de lucht en Paul vloekte terwijl hij zijn hoofd schudde en een arm uitstak om Gregory ervan te weerhouden terug naar het huis te rennen.

'Ze heeft nachtmerries over de schietpartij,' zei hij droevig. 'We kunnen beter hier eindigen, hoewel ze naar beneden zal komen om gezelschap te zoeken als de lichten nog aan zijn.'

Gregory gromde en spoelde aan voordat hij Paul hielp met de autohoes. Ze waren op weg terug naar het huis toen Susan op de binnenplaats verscheen. 'Ik ben een nachtbraker; ik kan Susan gezelschap houden als je naar bed wilt,' bood Gregory aan.

'Oké,' beaamde Paul. "Er is een scala aan films als je er een wilt bekijken." Hij omhelsde Susan, "Waarom kies jij er niet één voor hem uit, je kunt kijken tot je weer in slaap valt."

'Oké papa,' mompelde Susan slaperig en liep terug het huis in, gevolgd door de twee mannen.

Gregory zat op de bank terwijl Susan een film uitkoos. De openingstitels begonnen te rollen en hij zag haar naar een van de enkele fauteuils lopen. 'Kom bij mij zitten, kleintje.' Gregory gaf haar weinig keus met de toon die hij gebruikte. Als ze wilde dat mensen haar weer normaal gingen behandelen, vond hij dat prima. Hij vond de verbaasde blik op haar gezicht heel leuk toen ze zich omdraaide om hem even aan te kijken voordat ze naar de bank liep waar hij op zat.

Hij grijnsde naar haar, gooide een kussen naast zijn voeten op de grond en gaf aan dat ze daar moest gaan zitten. Hij zag de mengeling van emoties over haar gezicht spelen terwijl ze op het kussen knielde met haar rug naar hem toe, met haar gezicht naar het scherm gericht toen de film begon. Gregory stak zijn hand uit en speelde met haar haar terwijl hij fluisterde: 'Braaf meisje.' Hij keek hoe ze zich ontspande onder zijn zachte aaien en nauwelijks nota nam van de film terwijl hij haar woorden eerder herhaalde. Andrews bezittelijke voogdij was het enige wat hem ervan weerhield haar te disciplineren voor haar roekeloze gedrag, maar misschien zou hij het oude meisje toch straffen omdat ze het goedkeurde.

Susan begon te hangen en leunde tegen zijn been aan terwijl ze slaperig werd en uiteindelijk haar hoofd op zijn dij liet rusten. Gregory zette de televisie uit en droeg Susan naar boven en legde haar weer in bed voordat hij naar zijn eigen kamer ging. Hij had Roberts aantrekkingskracht op het meisje nooit echt begrepen; Ze leek altijd zo klein en fragiel in de ogen van Gregory, die met een lengte van 1,80 meter en breedheid zowel qua grootte als kracht boven haar uittorende. Nadat ze de afgelopen maand een aantal dagen bij haar had doorgebracht, was ze in het strandhuis geweest en toen ze haar met haar familie thuis had gezien, moest hij toegeven dat haar schijnbare kwetsbaarheid een sterke, intelligente jonge vrouw maskeerde. Voor de tweede keer die avond erkende hij dat zij niet het typische meisje was dat door de club kwam.

*****

Ze waren de volgende dag na de lunch vertrokken en teruggereden naar de stad, beladen met bitterkoekjes voor Andrew en Alan, maar ook voor henzelf. Hoe dichter ze bij huis kwamen, hoe ongemakkelijker Susan zich voelde, en ze begon te friemelen. Gregory verbrak de lange stilte die over hen was neergedaald nadat ze geen beleefdheden meer hadden over haar familie en het eten. Bezorgd door de sluimerende woede die hij voelde, confronteerde hij Susan met haar woorden van de avond ervoor.

'Hoe kon je zo roekeloos zijn, Susan,' vroeg hij ten slotte. 'One-night-stands? Serieus, je dacht dat dat een goed idee was?'

Susan slikte: 'Ik had gehoopt dat ik had gedroomd om je dat te vertellen. Vertel het alsjeblieft niet aan meester Andrew. Als je zo boos bent, zal hij er maar tien keer erger van worden.'

'Dat doe ik niet,' snauwde Gregory, 'maar dat doe je wel. Als jij een van de meisjes was waar ik verantwoordelijk voor ben, zou je al gestraft zijn. Dat laat ik aan Andrew over. Je zult hem vertellen wat je hebt verteld . gisteravond, alles! Maak ik mezelf duidelijk?'

'Ja, Sir Gregory,' fluisterde Susan en ze voelde de tranen in haar ogen springen.

'Heeft Robert je niets geleerd over persoonlijke veiligheid? Over iets zeggen als je iets nodig hebt? Hoe kun je zo roekeloos zijn?' Hij herhaalde zichzelf.

"Niemand zou me aanraken of goed tegen me praten. Iedereen keek me alleen maar aan met medelijden of hun eigen verdriet. Ze waren maar al te bang dat ik weer een inzinking zou krijgen om echt te luisteren toen ik zei dat ik niet in een land wilde leven." dat appartement meer, dat ik niet meer in zijn kantoor wilde zijn. Ze verhuisden me naar het kantoor dat er precies hetzelfde uitzag en een appartement dat de tweelingbroer was van het appartement dat ik verliet!' De tranen stroomden over haar wangen. 'Het was gemakkelijker om weg te gaan,' onderdrukte ze een snik van zelfmedelijden.

Gregory bleef stil terwijl hij haar woorden in zich opnam en besefte hoe moeilijk het moet zijn geweest om te zeggen wat ze nodig had en dat het op zo'n manier verkeerd werd behandeld. 'Vertel hem gewoon wat je tegen me zei, zoals je het zei,' gromde hij. Hij wist niet zeker of hij nog steeds boos op haar of op zichzelf was omdat hij haar teleurstelling en verdriet niet had opgemerkt toen ze haar appartement verhuisden naar het appartement naast dat van Andrew. . 'Je kunt het deel over hoe knap ik ben weglaten,' zei Gregory met een volkomen strak gezicht waardoor ze naar adem snakte en diep bloosde.

Ze bleven stil, ieder in hun eigen gedachten verzonken, totdat hij de parkeergarage van de club en haar huis binnenreed. 'Wees dapper kleintje, wees eerlijk en geef een volledige uitleg. Ik geloof dat je het in je hebt om sterk genoeg te zijn om hierover met Andrew te praten en de discussie te winnen,' zei Gregory zachtjes.

"Waarom zou je denken dat?" Susan draaide zich naar hem toe in de auto.

'Robert vertelde het mij, en het was een lastige man om indruk op hem te maken,' glimlachte Gregory.

Ze stapten uit de auto en gingen naar de liften. Susan voelde haar maag opzwellen bij de gedachte aan wat ze moest bekennen en aan Andrew moest vertellen. Het leek allemaal zoveel gemakkelijker toen ze op het strand was, maar hier op deze plek waar ze had geleerd te gehoorzamen en te accepteren, leek al het vertrouwen dat ze had over de terugkeer en het oppakken van de stukken van haar leven voor haar te verdwijnen.

De rit met de lift ging veel te snel en ze stond in haar eigen appartement. Het was moeilijk om hier te zijn en niet aan Robert te denken, en boos te zijn over de wrede wending die haar leven had genomen, en boos op hem. De woede borrelde in haar op en ze verhardde haar besluit om de veranderingen aan te brengen die ze nodig had of om voorgoed weg te lopen.

Gregory kwam een paar minuten later binnen, gevolgd door Andrew, en Susan stond tegenover hen. 'Welkom terug, Susan. Je ziet er goed uit,' glimlachte Andrew en sloot de afstand tussen hen af om haar wang te kussen en haar ogen te onderzoeken.

"Hallo Meester Andrew, dank u," glimlachte ze terug, "Heeft u een beetje tijd, misschien kunnen we praten... alstublieft?"

'Natuurlijk heb ik mijn agenda vrijgemaakt toen Gregory belde en zei dat je op de terugweg was. Hoe gaat het eigenlijk met je?' Er was duidelijk bezorgdheid te horen in zijn stem en gezicht, en ze kon het medelijden in zijn ogen zien, dat de woede die ze voelde over de hele situatie alleen maar aanwakkerde. Ze stapte van hem af en haalde diep adem.

'Kunnen we gewoon praten als vrienden, niet als Guardian en wijk, niet als Meester en slaaf, niet als een van die labels, maar als mensen, zelfs als vrienden?' Susan probeerde uiting te geven aan haar behoefte om hem op gelijke voet te ontmoeten, zonder angst voor de gevolgen.

'Dit klinkt serieus,' merkte Andrew op, 'je kunt ons achterlaten, Gregory.' Andrew liep naar de eettafel en ging zitten in plaats van op de comfortabele woonkamerstoel te gaan zitten.

'Misschien moet hij blijven,' zei Susan rustig. 'Misschien vind je het niet leuk wat ik te zeggen heb.' Andrew trok een wenkbrauw op en knikte.

'Ik blijf buiten in de gang,' onderbrak Gregory het moment. 'Ik denk dat het het beste is als jullie het zelf uitpraten.' Hij draaide zich om zonder op hun reactie te wachten en ging weg terwijl hij de deur stilletjes achter zich sloot.

Nu geïntrigeerd keek Andrew naar Susan. 'Ik ben gisteravond een beetje dronken geworden en heb dingen gedeeld waarvan ik wou dat ik ze niet had gedaan,' kreunde ze. 'Het zou waarschijnlijk het beste zijn als niemand het wist, maar hier zijn we dan en als ik je niet de waarheid vertel...' ze keek naar de deur waar Gregory aan de andere kant van stond.

"Je drinkt normaal gesproken toch niet ?" Andrew hield zijn hoofd verward schuin.

'Nee,' schudde ze haar hoofd, 'er waren redenen voor , maar ik zal bij het begin beginnen.' Ze haalde opnieuw diep adem en Andrew leunde achterover in haar stoel, klaar om haar te laten zeggen wat ze nodig had .

Susan vertelde over haar tijd in zijn 'hut' en haar roekeloosheid bij het zoeken naar one- night-stands, alleen maar om weer iets te voelen. Ze legde op zijn vraag uit dat Cassandra uiteindelijk merkte dat het gemakkelijker was haar veiligheid te garanderen dan haar zonder enige waarschuwing uit de hut te laten ontsnappen. Ze gaf toe dat ze het tijdverspilling vond totdat Cassandra de les uitlegde die ze niet had moeten leren. Van die vanille kon ze niet langer genieten.

Ze nam de tijd en legde vervolgens uit over het bezoek van Barry en Cinthia en hun voorstel over de training die Robert had gegeven. Ten slotte sprak ze over haar eigen gevoelens over hoe het nu zou kunnen werken en of hij haar zou helpen. Tussen alle informatie die ze hem gaf, vertelde ze dat ze zich nu een melaatse voelde, onaantastbaar en kwetsbaar, als een kapot stuk speelgoed op een hoge plank waar mensen hun hand naar uit steken om het te pakken, maar ze herinneren zich dat het kapot is en lopen weg.

Susan had Andrews kaak op elkaar geklemd opgemerkt en zijn handen in vuisten veranderd tijdens verschillende punten van haar verhaal toen hij haar onderbrak om een vraag te stellen , maar hij was gedurende het hele gesprek kalm gebleven. ‘Er is nog meer,’ zei ze zacht.

'Vertel me dan alles,' zei Andrew zonder enige emotie en leunde weer achterover in zijn stoel. Susan schetste haar idee voor een nieuw bedrijf dat ze zou kunnen bezitten en beheren onder de vlag van het bedrijf , en haar idee om te reizen om gelijkgestemde bedrijven en fabrikanten te inspecteren. Ten slotte sprak ze over haar behoefte om een nieuwe plek te vinden om te wonen.

'Dit was allemaal van Robert, niet echt van mij, en als ik ooit enige rust wil vinden van de nachtmerries en het schuldgevoel waar ik last van heb , kan ik niet hier of in dat kantoor zijn. Vertel me alsjeblieft dat je het begrijpt...' Er zat wanhoop in. Susans stem. Het was Andrew niet ontgaan dat hij veel om het meisje gaf, maar het leek hem dat haar plannen gewoon een andere manier waren om weg te rennen en zich te verbergen voor de realiteit die ze onder ogen moest zien.

'Is dat alles,' vroeg hij rustig. Susan knikte en voelde zich onrustig omdat Andrew nog steeds geen uitdrukking op zijn gezicht of in zijn stem vertoonde. Hij stond abrupt op en liep om de tafel heen, pakte haar op en knuffelde haar stevig. Hij zei niets terwijl hij naar de grote, comfortabele stoel liep en bij haar op zijn schoot ging zitten, met haar gezicht naar hem toe.

"Mijn behoefte om aan mijn eigen verdriet te worden overgelaten toen Kitty stierf was zo sterk dat ik je de vrijheid gaf om te gaan en te doen wat je wilde. Het kwam niet bij me op dat je iets anders nodig had dan dat het waarschijnlijk zou moeten hebben." Hij hield haar blik vast terwijl hij sprak: 'Ik zou nooit boos op je kunnen zijn omdat je eerlijk bent, dat is iets dat ik zeer waardeer.' Hij glimlachte en kuste haar voorhoofd. 'Wat denk je ervan, als we knapperd daar een pauze gunnen en hem een biertje laten pakken.'

Susan lachte zachtjes en knikte terwijl ze van zijn schoot gleed en opstond. Andrew stond op en liep naar de deur die wijd openging en zag Gregory in de foyer tegen de muur leunen. 'Hé knapperd,' grinnikte Andrew. 'We kunnen allemaal nog wat fijnere details regelen als je een biertje wilt gaan pakken en bij je beschermeling wilt kijken.'

'Haat me niet, want ik ben mooi,' grinnikte Gregory op zijn beurt nadat hij de glimlach van Susan had opgemerkt en zich realiseerde dat ze best tevreden was met hoe het ging. Hij drukte op de knop van de lift en zag Andrew en Susan terugkeren naar het appartement.

'Ik denk dat we de verandering van appartement een tijdje moeten uitstellen. Ik zou je liever dichtbij hebben en als je je zin krijgt met werk en training , betwijfel ik of je hier vaak zult zijn, vanwege de nabijheid,' leek hij te overwegen. haar even. 'Ik zal een concessie doen voor de herinrichting en Anne vragen je te helpen met een geschikte nieuwe kledingkast zodra je plannen klaar zijn, eerlijk genoeg?'

Susan was het daarmee eens; ze vond het een leuk idee om met Anne te gaan winkelen, ze was zo'n goede vriendin geweest en Susan had haar slecht behandeld in haar verdriet. 'Ik verwacht dat hetzelfde kan worden gezegd over mijn kantoor op het werk, hoewel ik graag iets kleiners zou willen,' voegde Susan toe aan de discussie.

"We kunnen morgen een afspraak maken met Alan, hij zal alle zaken moeten regelen. Ik vind het gewoon niet leuk, en hij doet het allemaal zo goed. Het bedrijf sloeg nauwelijks een slag over nadat het nieuws over Roberts dood toesloeg de zakelijke columns, geheel te danken aan de toewijding en het leiderschap van Alan", gaf Andrew alle eer waar dat nodig was. Susan knikte en liet het idee dat ze erover had nog wat langer gisten.

'De training en de behoefte die je hebt geuit om weer te voelen, is misschien niet zo eenvoudig,' zei Andrew zachtjes en Susan voelde zich leeggelopen omdat weer een van haar verzoeken op het punt stond in gevaar te worden gebracht. 'Pruil niet,' zijn stem werd harder en hij legde het verder uit. 'Dit is precies wat ik bedoel. Weet je nog hoe lang het duurde voordat je Robert vertrouwde?' Hij tilde haar kin op en keek haar in de ogen. " En jij ook?" hij eiste een antwoord.

'Dat was anders. Ik wist helemaal niets van de levensstijl,' schoot ze toen en beet op haar lip terwijl ze spijt had van haar antwoord.

"Het is een dunne lijn als een onderdanige loopt tussen pure training en getraind worden door je eigen speciale iemand die je impliciet vertrouwt om voor je te zorgen. De band is anders, maar net als in je relatie met Robert is vertrouwen de sleutel tot veiligheid en plezier voor je. jullie allemaal, dominant en onderdanig. Kun je een virtuele vreemdeling vertrouwen als ik het zeg? Als Barry het zegt?' Hij zweeg even en liet haar over zijn woorden nadenken.

'Ik zal de belanghebbenden bijeenroepen en uw verzoek indienen om toegang te krijgen tot de training die Robert voor u is gaan organiseren, als...' hij zweeg even zodat ze wist dat dit niet onderhandelbaar was. 'Als u uw gehoorzaamheid en vertrouwen kunt tonen in iemand die ik ervoor kiezen om je een week te trainen. Je moet erop kunnen vertrouwen dat ik en alle mannen van wie je training aanvraagt, je zullen beschermen tegen schade, ongeacht of ze je zelf trainen of iemand kiezen die het voor hen doet. Als je dat niet kunt doen dat alle plannen en wijzigingen in de schema's die de Masters kunnen maken om je tegemoet te komen, voor niets zullen zijn en je een slechte reputatie zullen opleveren. Je moet laten zien dat je bereid bent je aan het programma te binden door erop te vertrouwen dat ik je eerste trainer kies.'

Ze zag de logica van zijn woorden en was het ermee eens; het was tenslotte wat ze wilde en dit was nog maar de volgende stap op de reis die ze was begonnen met het accepteren van Roberts halsband. Ze wist toen, net als nu, dat ze meer van deze wereld wilde ontdekken, en ze vertrouwde Andrew; daarom had ze tegen Cinthia's advies over alles met hem gesproken.

'Ik begrijp het en wat je zegt is logisch,' ze kauwde nadenkend op haar lip. 'Wil je mij niet zelf trainen?'

'Mijn eigen verdriet is nog steeds te rauw. Door de ontdekking van Lucifer heb ik eindelijk de laatste ongebonden eindjes tot rust kunnen brengen en eindelijk mijn geliefde Kitty tot rust kunnen brengen,' glimlachte Andrew haar half. "Het is het beste op deze manier."

'Dan vertrouw ik erop dat jij de eerste trainer kiest, en ik beloof dat ik zal proberen je trots te maken,' zei Susan oprecht.

"Goed, en dit is wat ik ga doen. Ik zal morgenmiddag een afspraak maken om met Alan te praten over je carrière en kantoorsituatie bij het bedrijf. Ik zal zoeken naar de beschikbaarheid van de belanghebbenden voor een bijeenkomst begin volgende week. Je zult vertrouw erop dat ik zoals altijd het beste met je voor heb en ga je omkleden in iets sexy, denk aan "Suckerpunch" sexy, ik kom je over dertig minuten halen. We gaan naar de club; de wapenstilstand voor vriendschap en duidelijke taal is voorbij, en vanaf dit punt zul je je plaats herinneren, 'zei Andrew resoluut en beëindigde hun discussies resoluut. 'Je zult erop vertrouwen dat ik om je geef en van je hou zoals de mijne, en je zult altijd tegen me praten zoals je vanavond deed. Er was geen wapenstilstand nodig.'

Susan was verrast, maar nadat ze had geklaagd dat ze als kapot speelgoed op een plank was gezet, maakte ze geen ruzie. In plaats daarvan gleed ze van de bank naar haar knieën op de grond en antwoordde zachtjes: 'Ja Meester.'

Hij knikte en draaide zich om, zodat zij zich kon klaarmaken. Ze keek op haar horloge en ging snel opruimen en omkleden.

Tegen de tijd dat Andrew terugkwam, zag Susan er fris en in haar eigen geest sexy genoeg uit om Robert trots te maken. Hij had altijd al haar kleren, haar eten en alles uitgekozen, zo groot was zijn behoefte aan controle over haar leven. Omdat ze aan haar lot werd overgelaten met alleen een filmtitel als referentiepunt, werd ze gekweld door besluiteloosheid. Er zat zoveel in de enorme kledingkast dat ze nog nooit eerder had gezien, dat ze uiteindelijk voor een leren outfit koos. Robert hield van de geur en het gevoel van leer, hij had er bij Susan een erotische aantrekkingskracht op gewekt.

Ze was te mager, ze was het eens met recente opmerkingen; de zachte ronde ronding van haar heupen was nu hoekig en knokig, en de korte, geplooide leren rok hing er een beetje schuin aan. Ze kon bijna haar ribben tellen en bedekte ze met een dun, strak leren vest. Bretels en dijhoge kousen staken boven een paar glimmende zwarte knielaarzen uit met slechte hakken, en ze bond een losse rood-zwart gestreepte sjaal om haar hals. Ze besloot beter voor zichzelf te zorgen dan voorheen, terwijl ze haar gezicht met opvallende make-up beschilderde.

Ze ging naar de woonkamer en knielde en sloot haar ogen; Andrew had gelijk, ze wist niet hoe ze zou reageren als ze het bevel van een ander zou krijgen, maar het was iets dat ze moest doen, ze wilde het en bovendien wist ze dat ze het nodig had.

Susan hoorde de deur opengaan en hief haar hoofd op, waardoor dat kleine deel van haar hart dat pijn deed naar Robert verhardde. Ze was vastbesloten te bewijzen dat ze net zo klaar was om deze wereld opnieuw te betreden als ze eerder had beweerd. Andrew liep naar haar toe en ging weer in de comfortabele stoel zitten.

'Ik ben er zeker van dat Robert je heeft verteld dat niet ieder lid van de club betrouwbaar is of respect heeft voor de eigendommen van andere mannen. Hoewel de halsband die je nog steeds draagt je een element van respect en veiligheid binnen de club zal opleveren, maakt het je ook zeer wenselijk. Als je serieus bent over het opnieuw betreden van de club en de wereld die deze in zich draagt, moet je deze nu verwijderen,' zei Andrew vriendelijk.

'Ik begrijp het, Meester,' antwoordde Susan met vaste stem, maar haar handen trilden terwijl ze worstelde om de sluiting van de prachtige ketting los te maken die ze sinds zijn dood niet meer had afgedaan. Andrew hielp haar niet, maar zat verdrietig toe te kijken, wetende dat dit iets was dat ze voor zichzelf moest doen. Vastberaden verwijderde ze het en hield het hem voor.

'Het is van jou en zal altijd van jou zijn, Susan. Niemand kan het van je afnemen,' klonk Andrews stem gepijnigd. Hij haalde een doos uit zijn zak. Deze ketting zal mijn bescherming bieden binnen de club en de bescherming van iedereen die ervoor kiest om deze aan jou te geven onder onze vrienden. Het spreekt voor zich dat jij ook de bescherming van Alan hebt.' Andrew hield een draaiende touwketting omhoog en liet haar zien hoe ze het ingewikkelde cilindrische vergrendelingsmechanisme moest bedienen en de kleine woorden die erop waren gegraveerd. 'Beschermd: MA.MA.'

"Accepteer je?" vroeg Andrew, en Susan knikte, niet in staat onmiddellijk iets te zeggen. Ze tilde haar haar op om de nieuwe halsband te accepteren nadat ze de halsband die ze had verwijderd in de doos had gestopt.

'Ja, Meester. Het is prachtig; u heeft echt veel talent,' glimlachte ze, ook al voelde ze zich vanbinnen van alles in de war.

"Leg dit ergens veilig neer en kom, ik moet je iets laten zien," glimlachte Andrew bemoedigend.

*****

'De plannen hiervoor,' Andrew zwaaide met zijn arm, wijzend naar de gerenoveerde Den in de club, 'waren al klaar voordat jij en Robert naar Italië vertrokken.'

Susan keek de kamer rond en merkte de verschillen op. Het had nog steeds de weelderige ouderwetse charme en decadentie van de rest van de club, maar met een frisser kleurenschema en ander antiek meubilair. Terwijl haar ogen over de verre muur keken, hapte ze naar adem. Het fotoportret dat er altijd had gehangen, was vervangen door olieverfschilderijen.

Een grote op het Laatste Avondmaal geïnspireerde scène beeldde alle belanghebbenden af, inclusief zijzelf geknield naast Robert, die aan het hoofd van de tafel zat, en Kitty geknield naast Andrew aan de andere kant. De rest van de tafel was gevuld met mannen en een andere vrouw, die de enige persoon leek te zijn die ze niet herkende. Aan elke kant daarvan stonden twee kleinere portretten, een van Andrew en Kitty, de andere van Robert en haarzelf. Er waren prachtige dingen, en ze voelde haar hart een slag overslaan. 'Verdomme Robert . Waarom moest je me zo snel verlaten,' fluisterde ze eerder boos dan verdrietig.

'Ik wilde dat je het voor de eerste keer zou zien zonder dat er iemand anders in de buurt was. Zodat je niet verrast zou worden,' had Andrew verwacht dat er tranen zouden komen en niet de woede die van de jonge vrouw uitging.

'Dank u, Meester,' leek Susan snel tot rust te komen na haar eerste schok. "Ze zijn adembenemend mooi. De kunstenaar heeft ieders gelijkenis zo goed vastgelegd."

"Ik moet zeggen dat ik er zelf erg van onder de indruk ben", glimlachte Andrew.

'Kom, Susan,' Andrew wees naar een stoel naast zijn bureau. Onze dinergasten arriveren binnenkort, maar er is nog één kwestie die we eerst moeten bespreken.' Hij wachtte tot ze ging zitten voordat hij weer sprak. 'Gregory leeft volgens een zeer strikte gedragscode. Daarom is hij zo goed in zijn werk als clubmanager. Hij zorgt voor het welzijn van alle meisjes hier, maar door die code hoog te houden en de leden hier aan die hoge standaard te houden als ze hun lidmaatschap willen behouden, wordt ook hun veiligheid en de acceptatiesfeer hier gegarandeerd. Hij werd door Robert begeleid als een meester, en hij is een van de beste die er is,' voegde Andrew eraan toe voor het geval Susan het nog niet wist.

'Moet ik dan Gregory Master bellen?' ze beet op haar lip en vroeg zich af of ze hem had beledigd door hem Sir Gregory te noemen , maar ze wist zeker dat haar was verteld dat dit zijn titel was.

'Nee, hij geeft de voorkeur aan meneer. Hij heeft een grote belangstelling voor de middeleeuwen en de riddercode van ridderlijkheid,' lachte Andrew. "Het punt is dat hij vindt dat je gedisciplineerd moet worden vanwege je roekeloosheid bij het zoeken naar het plezier van vreemden, en ik ben het ermee eens dat het voor een onderdanige heel gevaarlijk is om te doen. Er zijn echte varkens, misdadigers en vuiligheid daarbuiten die De arm van een meisje zal breken vanwege de sensatie die het geeft dat ze haar toestemming gaf voor zijn misbruik, ontvoering en marteling van een jonge onderdanige gebeurt maar al te vaak." Susan hapte naar adem en hij zag in haar ongeloof met grote ogen dat deze gedachten nooit bij haar waren opgekomen.

‘Zoals ik dacht,’ knikte hij. 'Gregory geeft Cassandra de schuld, die hij zelf zal straffen. Ik heb hem liever gevraagd je te informeren over je roekeloosheid. Hij was er niet blij mee, dus ik wil dat je naar hem toe gaat en je spijt betuigt en hem ervan overtuigt dat je nu begrijpt hoe gevaarlijk waren uw acties en dat u zijn bescherming en zijn discipline binnen de club zult accepteren als u hier ooit zonder een Master aan uw zijde zou zijn, of weer roekeloos gedrag zou vertonen, 'was Andrew resoluut maar vroeg het in plaats van haar te bevelen, waardoor ze moest kiezen of deze overeenkomst wel of niet te aanvaarden.

'Ik had altijd zijn bescherming op me genomen, en ook die van Roberts vrienden en het managementpersoneel zoals Barry,' dacht Susan even na, terwijl ze weer op haar lip kauwde. 'Ik denk niet dat ik hier ooit zou zijn zonder een Meester, dus ik kan me niet voorstellen dat het enig verschil zou maken of ik het wel of niet zou accepteren,' hield Susan haar hoofd schuin terwijl ze aan het denken was.

'Ah, maar dat is wel zo, volgens Gregory. Zijn code is zodanig dat hij nooit een hand zou kunnen leggen op een meisje of op de eigendommen van iemand anders zonder de aanvaarding van het meisje en haar eigenaar, als die er is. In jouw geval ben ik, jouw voogd en Alan, de executeur-testamentair van uw zakelijke bezittingen. Aangezien dit een persoonlijke kwestie is, is het aan mij om deze te aanvaarden, en dat zal ik doen als u het er ook mee eens bent,' wachtte Andrew even tot ze iets zou zeggen.

„ Het is dus een formele aanvaarding van het veronderstelde," lachte Susan zachtjes. „Ik heb er geen enkel probleem mee om Sir Gregory te accepteren in de sfeer van mensen die mij in deze levensstijl kunnen begeleiden en trainen."

'Vergeet niet dat hij ooit de beschermeling van Robert was en als zodanig hard en sadistisch kan zijn, maar hij is ook heel eerlijk en zal je niet onnodig disciplineren', besloot Andrew duidelijk te maken waar ze het precies mee eens was.

'Je bent knap weggelaten,' grijnsde Susan, helemaal niet gefascineerd door zijn beschrijving.

Andrew schudde zijn hoofd en stond op en strekte zijn hand naar haar uit: 'Laten we hem dan opzoeken.'

Net als de studeerkamer van de eigenaren zat het managerskantoor, hoewel kleiner, op een vergelijkbare centrale plek binnen de club, met deuren naar zowel de foyer als de restaurantruimtes. Ze liepen terug door de foyer naar het kleinere kantoor waar Gregory aan zijn bureau zat alsof hij op hen wachtte. Een van de meisjes van de receptie gaf Andrew een klein briefje toen hij haar passeerde. Hij las het snel en glimlachte breed.

'Ik moet naar iemand toe. Ik laat jullie verder met jullie gesprekken. Stuur haar naar het restaurant als je klaar bent,' zei Andrew gemakkelijk en verliet de kamer.

Gregory stond op en liep naar haar toe. Hij torende boven haar uit en gromde: 'Heb je iets te zeggen?'

Susan slikte luid en toen ze haar mond opendeed, kwam er nauwelijks een gefluister uit: 'Het spijt me, Sir Gregory, ik besefte noch besefte ik de omvang van mijn roekeloosheid, en dat besef ik nu wel.'

'Echt waar?' zijn hand schoot omhoog en omcirkelde haar keel. 'Weet je hoe gemakkelijk het zou zijn voor een man als ik om je als een takje te breken? Om je tegen je wil vast te houden en van je mijn persoonlijke neukspeeltje te maken?'

'Ja, Sir Gregory,' piepte ze, maar ze vond zijn woorden zowel angstaanjagend als opwindend.

'Kijk eens naar jou,' zijn ogen gingen naar haar hard wordende tepels, duidelijk zichtbaar door het open decolleté en het dunne leer van het vest. "Je bent zo'n hete slet dat iedereen met een halve geest je zou kunnen misbruiken, en je zou dankbaar zijn," liet hij zijn hand vallen en liep weg. Hij probeerde het element van nauwelijks verborgen afkeer in zijn stem te bewaren, maar in werkelijkheid behaagde haar duidelijke plezier om op deze manier te worden aangesproken hem, en hij zag in haar iets wat hij zelden zag in de onderdanigen met wie hij dagelijks omging .

'Ik laat het deze keer aan Andrew over om je te onderwijzen zoals afgesproken,' hij spuugde de woorden bijna uit terwijl hij zich omdraaide om haar weer aan te kijken. 'De volgende keer dat ik het gevoel heb dat je jezelf roekeloos in gevaar hebt gebracht of te veel risico hebt genomen in opdracht van een ander zonder je stopwoord te gebruiken, zal ik degene zijn die de straf bepaalt, begrijp je dat?'

'Ja, Sir Gregory. Ik aanvaard dat het nu uw recht is als mijn beschermer,' Susan sloeg haar ogen naar de grond.

'Inderdaad,' gooide hij een kussen op de grond en ging op de stoel ernaast zitten, waarmee hij aangaf dat ze moest knielen. 'Ik zou graag betrokken willen worden bij uw opleidingsplan. Om u te controleren en ervoor te zorgen dat de gedragscodes worden nageleefd door iedereen die is uitgekozen om u op te leiden, akkoord?'

'Ja, Sir Gregory,' Susan was verbijsterd door zijn verzoek, maar ze kon het kwaad er niet van inzien zolang hij zich er niet mee bemoeide als alles goed ging.

"Barry en ik delen een groot deel van de last van het runnen van deze club en jouw bescherming zal ook deel gaan uitmaken van deze last. Mocht ik niet beschikbaar zijn, dan zul je bescherming bij hem zoeken", keek Gregory naar het kleine meisje dat in gedachten op haar lip kauwde en gepauzeerd? 'Je hoeft niet bang voor ons te zijn, alleen wat er zal gebeuren als je geen bescherming zoekt wanneer je die nodig hebt, begrijp je dat?'

'Ja, Sir Gregory. Ik weet dat zowel jij als... uhm, is Barry een heer of een meester?' Ze hield haar hoofd vragend schuin.

'Beide ook, al zal Sir dat voorlopig doen, tenzij hij je anders vertelt,' antwoordde Gregory.

"Bedankt, ik weet dat je zowel gerespecteerd als gewaardeerd wordt door Andrew en dat Robert zwaar op je vertrouwde. Ik heb de goede wil gezien die je ontvangt van alle leden en onderdanigen. Ik zal mijn best doen om geen straffen meer te krijgen of de last draag je hier nog zwaarder,' zei ze rustig.

trainers zijn , maar we zullen er zijn om je te beschermen als je dat nodig hebt. Ik zal onze nummers in je telefoon zetten, heeft Andrew die?" Ze schudde haar hoofd en hij keek haar fronsend aan: 'Je moet je telefoon altijd bij je hebben. Ik zal er met Andrew over praten. Je bent nog nieuw in deze wereld en de schuld ligt bij hem. 'Wees geen excuus,' glimlachte hij dreigend, 'en in mijn gedachten heb je al twee aanvallen tegen je.' Robert had altijd alles voor haar gedaan, ze had tijdens hun korte relatie niet voor zichzelf hoeven nadenken. Dit bestaan waar ze om vroeg leek een stuk ingewikkelder dan ze aanvankelijk dacht.

Haar verwarring voerde strijd met haar behoefte in haar hoofd toen ze opnieuw tegen Robert uitschold omdat hij haar had verlaten om haar eigen weg te vinden. Er klonk een klop op de deur en Andrew kwam binnen: 'Alles klaar?'

'Dat denk ik wel,' antwoordde Gregory.

'Goed. Susan's training begint vanavond. Een oude vriendin van ons is net gearriveerd. Ik wil dat je haar over een paar minuten terug door de foyer brengt, geef me de tijd om weer aan tafel te gaan. Als je in het restaurant aankomt entree , ik wil dat je daar blijft staan totdat ik je een seintje geef,' zei Andrew snel, alsof hij opgewonden was.

Gregory gromde en knikte terwijl hij op Susan neerkeek toen Andrew de kamer verliet. Hij stak zijn hand uit en hielp haar overeind op de hoge wankele hakken. 'Ik hoop dat je er net zo klaar voor bent als je zegt,' mompelde hij en legde zijn grote hand om haar nek, zoals Robert altijd had gedaan, en leidde haar de deur uit naar de foyer. Hij begroette een paar vrienden zonder Susan voor te stellen, ondanks hun nieuwsgierige blikken, voordat hij haar meenam naar de deur van het restaurant en de pianobar.

Susan hoorde een man aan een nabijgelegen tafel uitroepen toen ze verscheen: "Fuck, er is nu een wandelende fantasie." Ze draaide zich om naar de tafel waar de stem vandaan kwam en toen ze Andrew zag, glimlachte ze nerveus. Tot de gasten die hij bij zich had behoorden Sara, James en de luide man die ze niet kende. "Echt niet!" De man riep uit terwijl ze zich naar hen omdraaide: 'Je meent dit niet! Is dat het meisje dat ik een paar dagen moet trainen?'

Andrew zag dat Susans gezicht betoverd werd door twijfel aan zichzelf, waarbij hij de lof van de man aanzag voor onwil en gebaarde haar naar haar toe te komen. Sara zat naast James te wiebelen alsof ze te veel energie had om stil aan de eettafel te zitten. "Alsjeblieft papa, alsjeblieft" jammerde Sara uiteindelijk.

"Oké schat, maar wees voorzichtig," sprong Sara uit haar stoel en gaf Susan bijna een enorme knuffel en kusjes.

"Ik heb je zo gemist. Ik ben zo blij dat je terug bent!" Sarah hield haar stevig vast alsof ze niet van plan was los te laten totdat Gregory zijn keel schraapte. "Oh poeh, oké, oké, ik ga weer zitten, maar je bent niet leuk, Sir Gregory," zei ze, terwijl ze Susan grof losliet.

'Nou, verdomd mooi,' zei het onbekende lid van het gezelschap. Susan haalde diep adem en onderdrukte het gegiechel dat ze had gekregen over de manier waarop Sara tegen Gregory sprak, en draaide zich naar de stem. Ze nam de man in huis. Hij droeg motorleer, had een kortgeknipt sikje en lang haar vastgebonden in een leren string. Vanuit Susans gezichtspunt leek hij net zo groot, zo niet groter dan Gregory, en haar ogen werden groot.

Andrew vulde haar verbijsterde stilte door hem voor te stellen: 'Susan, dit is mijn vriend, Wildman. Als je ermee instemt, zal hij je trainer zijn voor deze proefweek. Je zult hem aanspreken als Sire.'

'Het is een genoegen u te ontmoeten, Sire,' zei ze rustig, met het gevoel dat ze beleefd moest zijn, voordat ze zich tot James wendde, 'en het is altijd geweldig om u en Sara te zien, meester James.' Susan boog zich voorover om zijn wang te kussen, zoals hij haar liever had als hij hem begroette.

"Ah Susan, je bent net zo mooi als altijd," glimlachte James. 'We hebben je gemist. Slechte zaken allemaal,' zei hij terwijl hij de olifant in de kamer erkende. 'Tijd om weer te gaan leven, ja?'

'Ja,' stemde Susan meteen in. Op de een of andere manier was het fijn om James het verlies van Robert en haar verschijning hier te laten erkennen, alsof hij accepteerde dat ze verder moest.

'Ik hoop dat Sara net zo dapper is als de tijd daar is,' zei hij terwijl hij zijn gezicht van Sara afwendde terwijl hij sprak. 'Het leven is voor de levenden, zoals ze zeggen,' glimlachte hij, maar de glimlach bereikte zijn ogen niet, waardoor ze hem aandachtig aankeek.

"Kom naast mij zitten!" Sara grijnsde: 'We kunnen het dessert delen!' Susan lachte. Ze wist dat dit betekende dat Sara het voor haar zou opeten, maar ze vond het niet erg dat het goed was om in de buurt van mensen te zijn die gelukkig waren en van het leven genoten. Of misschien was het gewoon goed om er zelf van te genieten.

Susan nam plaats tussen Sara en de Wildman. Hij boog zich naar haar toe toen ze eenmaal zat en tikte op zijn wang: 'Waar is mijn kus, hallo?' Susan lachte zachtjes en boog zich naar voren om haar lippen op zijn wang te drukken.

"Nou, ik ben binnen. Controleer alsjeblieft!" hij grinnikte.

'Nee,' jammerde Sara, 'het is mijn beurt om met Susan te gaan eten en deze keer zal er niets misgaan!' Ze snakte naar adem en bedekte haar mond: 'Ik was niet in de positie om dat te zeggen.'

"Het is oké, Sara, echt waar. Het gaat goed met mij en ik ben zo blij jou en je vader te zien." Ze omhelsde de engelachtige vrouw tegen zich aan. Ze wendde zich tot Andrew: 'Ik wist niet dat het zo snel zou zijn.'

'Geen tijd zoals nu, gezien jouw recente roekeloosheid,' hij haalde zijn schouders op, maar zijn ogen hielden de hare vast alsof hij haar uitdaagde terug te komen op waar ze mee had ingestemd. 'Het is duidelijk dat je veel meer toezicht nodig hebt dan ik je heb gegeven.'

'Akkoord,' mompelde Gregory.

'Ja, Meester Andrew,' zei ze zachtjes blozend terwijl ze haar blik van de zijne afwendde.

'Oom Dick, zeg tegen oom Billy dat hij moet blijven eten,' jammerde Sara klagend.

Andrew wendde zich tot zijn vriend en zei: 'Blijf eten, oom Billy.'

'Goed,' gromde Wildman, 'maar als ik een brave jongen ben, krijg ik het meisje vanavond, toch?' Hij grinnikte tegen Sara, die enthousiast knikte.

'Ze heeft morgenmiddag een afspraak, dus zolang je haar hier rond lunchtijd hebt, zodat ik haar kan meenemen, zie ik niet waarom niet,' zei Andrew terwijl hij naar Susans reactie keek.

'Klaar,' beaamde Wildman en wendde zich tot Susan. 'Dit is jouw tijd om iets te zeggen, meisje, ben je het daarmee eens?'

'Ja, Sire,' zei ze met een stem die vaster was dan ze zich voelde. Ze was zowel doodsbang als opgewonden bij het vooruitzicht, en ze wist dat Andrew deze man ondubbelzinnig vertrouwde en dat ze wist dat haar veiligheid gegarandeerd was.

'Uitstekend,' hij zocht in zijn zak en haalde er een gouden armband uit. Het was rijkelijk versierd met filigraanschrift en hij plaatste het op haar bovenarm en klikte het dicht. 'Laten we bestellen, ik ben al te lang in het land van pakken en stropdassen.'

'Ach, oom Billy, je komt nooit meer naar de club, en ze hebben de lekkerste desserts nu Sir Barry de leiding heeft ,' zei Sara. 'Wees niet zo gehaast, doe alsof je in een kostuum zit.' feest!"

Het gesprek tijdens het diner was levendig en vol gelach en terwijl Susan luisterde, leerde ze William Wilder kennen, ook wel bekend als Wildman. Hij zou haar eerste trainer zijn op de reis die ze was begonnen naar de wereld waar Robert haar naartoe had gebracht, en ze was dankbaar voor deze keer dat ze hem een beetje leerde kennen voordat ze vertrokken. Hij reed met de Clarkson Knights Motorcycle Club. Ze stonden bekend om hun liefdadigheidswerk, en hij was net terug van een liefdadigheidsrit langs de New England Highway in het landelijke New South Wales. Hij werkte als freelance fotograaf en kunstenaar, dus hij reisde voortdurend, maar zijn thuisbasis was hier in de stad.

Toen het dessert kwam, plaatste Gregory een extra tussen Susan en Sara en kondigde aan dat ze Barry's nieuwe creatie mochten delen, maar het was vooral zo dat Susan haar eigen creatie zou opeten. Ondanks Susans natuurlijke slankheid maakte hij zich zorgen dat ze zo mager was. Zodra Susan de laatste hap van haar dessert had genomen, zei Wildman iets.

" Juist , ik was de hele maaltijd een heer en een brave jongen, maar ik heb mijn limiet bereikt", zei hij tegen Andrew. "Ik breng haar morgen rond lunchtijd terug, dan kunnen we de details bespreken." Hij tilde Susan op van haar stoel en slingerde haar gemakkelijk over zijn schouder, waarbij hij luid op haar kont sloeg voordat hij de club uit liep.

Susan piepte verrast, maar verzette zich niet tegen haar houding, slap hangend aan zijn schouder. Ze tilde haar hoofd op toen ze de tafel verlieten en zwaaiden naar James en Sara, die luid aan het giechelen waren. In plaats van naar de parkeerplaats te gaan, gingen ze de hoofdingang uit, de straat op, en hij dumpte haar achterop zijn fiets en duwde een helm op haar hoofd.

Ze klampte zich aan hem vast terwijl hij door de straten van de stad reed en luisterde naar hem terwijl hij sprak via een systeem dat de helmen met elkaar verbond. Er was geen zachtheid in zijn stem toen hij haar zijn ononderhandelbare regels vertelde.

'Je zult me altijd Sire noemen, publiekelijk en privé. Je was het meisje van Robert, dus ik twijfel er niet aan dat je een masochistische inslag hebt, maar dat zul je wel doen; ik herhaal; je zult je stopwoord gebruiken als je van streek raakt door het maakt niet uit hoe opgewonden jij of ik lijk te zijn. Je zult alleen mij gehoorzamen tijdens je tijd bij mij, afgezien van deze ene bijeenkomst morgen, zullen alle andere afspraken en noodzakelijke afwezigheden door mij alleen worden goedgekeurd. We zullen jouw grenzen bespreken, en ook de mijne. zoals later leuk en niet leuk. Op dit moment is je enige bondgenoot je veilige woord. Begrijp je dat?'

'Ja, Sire,' zei ze, angst en verwachting rolden door haar heen met de trillingen van de fiets.

'Goed voor vanavond, je veilige woord zal Fruitloops zijn.' Hij rondde de lezing af toen ze de oprit opreden, terwijl de garagedeur automatisch voor hen openging. Hij stapte van de fiets en zette haar helm af, pakte haar opnieuw op en slingerde haar over zijn schouder. Ze had zich tijdens het rijden zo geconcentreerd op zijn stem geconcentreerd dat ze niet had opgemerkt waar ze waren, en ze was verrast toen ze terechtkwam in wat leek op een niet meer gebruikt pakhuis.

Hij nam met twee trappen tegelijk de trap en duwde haar tegen zich aan, terwijl ze over zijn brede schouder hing, en uiteindelijk door een zware metalen deur naar binnen ging en een lichtschakelaar aanzette. De deur sloeg achter hen dicht terwijl ze naar het schimmige uiteinde van de kamer liepen, en hij gooide haar zonder pardon op de grond terwijl hij gromde: 'Beweeg geen centimeter.' Hij pakte een tas van een nabijgelegen bank en haalde er een camera uit. , waarbij ik verschillende foto's van het meisje maakte.

Susan verstijfde als een hert in de koplampen. Haar ogen werden groot en knipperden toen de flits haar onverwachts overviel.

"Ik heb een stijve gehad sinds je vanavond die plek binnenkwam," gromde Wildman. "Kruip hierheen als een braaf sletje en zuig aan mijn pik," hij leunde achterover tegen de bank achter hem. Susan verzamelde haar armen en benen onder zich en kroop langzaam en sensueel naar hem toe, terwijl ze haar ogen op zijn gezicht gericht hield. "Honger naar lul, ben jij niet, een slet zoals jij heeft die voortdurend nodig," zijn stem werd dieper en hij rommelde de woorden terwijl ze voor hem knielde en zich naar hem toe boog om de geur van zijn versleten leren broek in te ademen terwijl ze haar gezicht tegen zijn bedekte kruis wreef.

Ze was zich bewust van een flits die afging terwijl haar handen aan de knoop werkten en de rits die de broek langs zijn benen losmaakte, niet verrast door de zachte binnenkant en het feit dat hij geen ondergoed droeg. Ze leunde voorover en ademde de geur van hem in terwijl haar handen de broek naar beneden leidden. Hij pakte een handvol van haar haar en trok haar weg van zijn pik, waardoor ze eerder van verbazing dan van pijn gilde. "Maak eerst mijn laarzen los, jij nutteloze kut," en gooide haar bijna op de grond aan zijn voeten. Ze verzamelde zichzelf en trok haar benen onder zich in een wijde knie. Ze boog zich diep voorover, maakte de gespen los en genoot ervan opnieuw omringd te zijn door de geur van leer en de controle van een dominante man.

Ze trok zijn laarzen en sokken uit en begon weer aan zijn broek te werken toen hij ze van zich af schopte, haar daarbij oppakte en haar languit naar achteren stuurde. Hij plantte zijn voeten wijd uit elkaar en sneerde: 'Nou, waar wacht je nog op?' Opnieuw stond ze op haar handen en knieën op en kroop knielend naar hem toe. Ze leunde naar voren en bracht haar hand naar zijn ballen terwijl ze haar hoofd liet zakken om het puntje bijna eerbiedig te kussen. Ze liet haar tong naar buiten slingeren en rond het hoofd draaien voordat ze het in haar mond zoog.

Terwijl ze met haar tong onder zijn hoofd fladderde, hoorde ze hem kreunen en zijn hand in haar haar gaan, blij met zijn reactie vervolgde ze haar langzame tempo terwijl ze haar mond van zijn pik optilde en haar hand op en neer langs de schacht liet gaan terwijl haar tong soortgelijke sporen maakte op en neer langs de adervormige staaf. Ze boog haar hoofd nog dieper om zijn ballen te bevredigen, wat een nieuwe kreun van voldoening opwekte voordat hij plotseling haar hoofd bij het haar naar achteren trok, waardoor ze naar hem opkeek.

'Daar heb je straks nog tijd voor,' gromde hij. 'Nu open!'

Ze opende haar mond en hij duwde haar in waardoor ze moest kokhalzen. Ze slikte moeilijk; Hij had een redelijk grote lul, maar niet overweldigend, en toen ze in een ritme met hem kwam , gorgelde en slikte ze rond zijn hoofd, tot in de poort van haar keel, in plaats van hem te kokhalzen en te choqueren. De zachte krullen die de lul bekroonden waar ze aan zoog, rook gretig naar de leren broek die hij had gedragen, en ze duwde gewillig haar neus erin terwijl hij haar zuigende mond in en uit bleef duwen.

Tranen stroomden langs haar wangen en het kwijl hing aan haar kin toen hij haar haar naar achteren trok en haar gezicht naar hem toe kantelde, met alleen de kop van zijn pik tussen haar lippen. De flits ging verschillende keren af en hij kreunde luid: 'Doe open, tong uit.' De eerste straal sperma deed zijn pik opspringen en spoot het over haar neus en wang, de tweede landde over haar tong en een derde landde over haar neus en wang en miste weer ternauwernood haar oog. Hij plaatste zijn pik terug op haar tong en beval: "Zuigen!" De flits was blijven afgaan tijdens zijn laatste orgasme, maar het kon haar niet schelen dat ze op dat moment zo heet en geil was.

"Voor iemand zonder veel training ben je een goede kleine klootzak," zei hij terwijl hij haar uiteindelijk van zijn pik wegtrok en haar terug op de grond gooide. 'Nu kunnen we aan de slag. Volg mij,' zei hij en draaide zich om om weg te lopen voordat hij eraan toevoegde: 'Kruip.'

Ze verhuisden naar de andere kant van het slecht verlichte uiteinde van de enorme open ruimte, waarvan ze aannam dat het een omgebouwd pakhuis was. Hij nam plaats in een grote leren stoel en zij knielde voor hem neer. 'Handen,' hoorde ze het bevel en hief haar handen naar hem op en hij omhulde haar polsen met leren boeien die leken op de boeien die ze voor Robert had gedragen. 'Ik vind de laarzen leuk, jij houdt ze aan, blijf staan,' beval hij.

Hij tilde haar been op naar de stoel tussen zijn benen en omhulde de enkel van haar laars met een manchet; zijn hand ging langs haar been naar haar kut. "Je houdt ervan om pikken te zuigen, nietwaar, meisje," mompelde hij terwijl zijn vinger langs het dunne materiaal van haar string en in haar nattigheid duwde, waardoor ze naar haar hapte. lip terwijl ze op één voet balanceerde. Zijn vinger stak een paar keer in en uit haar terwijl hij gromde: 'Ik heb je een vraag gesteld, meisje.'

'Ja, Sire,' hijgde ze.

"Zeg het dan!" hij vroeg hem zijn vinger van haar af te trekken en haar clit lichtjes te strelen.

"Ik houd ervan om aan pikken te zuigen, Sire," hijgde ze en liet een klein gejammer horen terwijl ze bloosde.

'Braaf meid. Deze zullen er niet meer zijn zolang je bij mij bent,' verzamelde hij de dunne string in een bundeltje en rukte hem van haar lichaam. 'Geen slipje, geen beha. Zijn we duidelijk?'

'Ja, Sire,' zei ze ademloos, terwijl de steek van het knappende elastiek haar een beetje verwarmde.

'Andere voet,' beval hij en ze veranderde van positie. "Heb je je kont laten neuken?"

'Ja, Sire,' antwoordde ze en vervolgde het eenvoudige antwoord terwijl hij bleef vragen naar haar ervaringen tot nu toe. Was ze geslagen, geslagen, geslagen, gegeseld en geslagen? Zijn er klemmen, anaalpluggen, kralen, ben wah-ballen gebruikt? Waxplay, watersporten? Hij was blij dat ze geen piercings had en dat ze net zoveel van leer leek te houden als hijzelf. Vervolgens vroeg hij naar levensstijlfetisjen; de enige die ze echt kon begrijpen was dat ze als huisdier werd gehouden. Hoewel ze het verlangen had om net als Samantha te leren dienen , kon ze zich de naam niet herinneren.

Hij legde uit dat hij het adres van Sire had gekozen omdat hij, hoewel hij zich identificeerde met het feit dat hij een Daddy-Dom was, niet genoot van de onvolwassenheid en kinderlijke genegenheid van meisjes als Sara. In plaats daarvan verlangde hij naar het respect en de ultieme controle van een jonge vrouw als Susan die voor elk klein dingetje van hem afhankelijk was. Hij zou voor haar zorgen en haar leven beheersen zolang ze bij hem was, zoals een vader zou doen voor een jong meisje, maar hij had ook een brede sadistische inslag en hield ervan dat zijn meisjes hun behoefte aan lul en hard gebruik omarmden. Hij hield er toen van om echte sletten te zijn, zelfs met zijn vrienden te flirten en te plagen, en hoewel hij haar deze week aan veel verschillende lullen liet zuigen, mocht ze geen penetrerende seks met anderen hebben terwijl ze bij hem was. Hij wilde geen huilbaby of een driftbui; als hij wilde dat een meisje huilde en pruilde , zou hij haar een goede reden geven om precies dat te doen.

'Is er iets dat we nog niet hebben besproken en dat je graag zou willen toevoegen?' vroeg hij haar serieus.

"Ik maakte kennis met dit soort... leven door Robert, zoals je weet. Vanaf het moment dat ik zijn halsband pakte, wist ik dat ik meer wilde ervaren, alles, alles wat hij me wilde laten zien, maar..." ze aarzelde. "Het mocht niet zo zijn, nu is het aan mannen als jij om mij andere dingen te laten zien. Wat ik probeer te zeggen is dat ik nog niet weet wat ik niet leuk vind of wat mijn grenzen zijn. Ik ken maar de grenzen van één man." En ik hield genoeg van hem om alles voor hem te doen. Dit,' ze keek naar hem op, 'zal op zoveel niveaus anders zijn.'

'Ah, lieve meid,' hij legde zijn hand op haar gezicht en kuste haar neus, 'je hebt me al op meer manieren behaagd dan je alleen al door die zin zou kunnen doorgronden.'

Hij trok haar over zijn schoot heen. "Nou, schatje, dit is niet om je te straffen, maar gewoon voor mijn eigen plezier." Zijn hand viel op haar kont en ze schreeuwde het uit. Hij was een grote man, zowel qua lengte als qua spieren, haar kont warmde snel op en ze gilde en snikte, hijgend van haar hitte terwijl de vingers van zijn andere hand in haar neukten en haar clitoris plaagden. Binnen zeer korte tijd smeekte ze om klaar te komen.

"Het is niet nodig om vanavond te smeken, je mag zo vaak klaarkomen als je kunt," grijnsde hij, omdat hij het leuk vond dat ze zo'n hete pijnslet was. Andrew had onderschat hoe goed dit meisje was, of misschien wist hij het niet. Hoe dan ook, ze was een week van hem, en hij was van plan er het beste van te maken. Ze kwam hard en langdurig langs zijn hand en zijn dij, als bewijs van haar plezier om geslagen te worden. Hij duwde haar van zijn schoot en belandde op een hoop aan zijn voeten.

"Ruim je rotzooi op, slet," gromde hij en ze ging meteen op haar knieën zitten en likte bijna spinnend van plezier aan zijn dij. Hij tilde haar hoofd bij het haar op en duwde zijn kleverige vingers in haar mond. "Zo'n hongerig meisje, ik durf te wedden dat je zou willen dat dit een lul was, nietwaar? Maak je geen zorgen, ik zal ervoor zorgen dat je deze week meer pikken krijgt dan je ooit had gedacht," zei hij met een wantrouwige glimlach. Susan genoot van de laatste golven van haar eerste echte orgasme in maanden en wist dat dit was wat ze nodig had. Ze voelde zijn verlangen naar haar, en het was genoeg, genoeg om ervoor te zorgen dat ze hem een plezier wilde doen en zijn lof wilde horen.

*****

Susan werd opgerold wakker op een klein bed in de hoek van het grote open pakhuisappartement. Ze zag Sire op een leren bank liggen, terwijl ze op een iPad tikte, en ze stond behoedzaam op en strekte lange ongebruikte spieren uit die de avond ervoor waren getraind . Ze keek rond in de zonovergoten ruimte en verwonderde zich over hoe goed deze was ontworpen. Het was de afgelopen nacht vrijwel in de schaduw gebleven, dus ze had de uitgestrektheid van een huis zonder muren niet echt in zich kunnen opnemen. Onzeker of ze toestemming moest vragen om te bewegen , zat ze rustig te wachten tot ze opgemerkt werd.

Uiteindelijk, wanhopig om naar het toilet te gaan, zei ze zachtjes: 'Goedemorgen , Sire. Mag ik alstublieft naar het toilet gaan?'

"Goed dat je wakker bent, kom hier en zuig eerst aan mijn pik. Het heeft vanochtend al meer dan een uur de aandacht van je pikzuigende mondje gemist," antwoordde Sire, "en deze foto's die ik gisteravond van je heb gemaakt hebben mijn geduld niet geholpen terwijl jij sliep." Hij hield de iPad naar haar toe zodat ze haar eigen betraande ogen boven wijd gestrekte lippen kon zien terwijl ze de avond ervoor aan zijn pik zoog.

Susan kroop naar hem toe, in een poging zich de paar regels te herinneren die hij haar de avond ervoor had opgelegd, en knielde voor hem neer. Hij was net zo naakt gebleven als zij van hun inspanningen de avond ervoor, en ze liet haar hoofd onbelemmerd naar zijn pik zakken en kuste hem bijna eerbiedig voordat ze haar tong over de lengte heen en weer bewoog. Ze knielde in een betere positie, sloeg een kleine hand om zijn pik en rolde haar tong rond zijn hoofd.

"Geen handen," mompelde hij, en ze trok gehoorzaam haar handen achter haar rug en spreidde haar mond om haar lippen over de wijdte van zijn pik te strekken. Haar tong fladderde en rolde terwijl haar mond zich aanpaste aan de grootte. Ze voelde zijn handen in haar haar verstrikt raken terwijl ze haar hoofd langzaam op en neer begon te bewegen en meer van hem in haar mond nam.

Zijn handen werden nog strakker terwijl hij haar naar het tempo leidde dat hij prettig vond, want ook al was zijn pik wijd, hij was niet overdreven lang, en ze pakte hem allemaal zonder volledig te stikken. Haar kokhalzen en gorgelen leken hem aan te sporen, en hij begon met zijn heupen omhoog te duwen terwijl hij haar mond naar beneden duwde. Dat duurde niet lang en na nog maar een paar minuten kwam hij luidruchtig en grommend naar haar toe terwijl hij schokkerig tegen haar aan stootte. Ze gorgelde en slikte en tilde langzaam haar hoofd op terwijl hij haar haar losliet en ervoor zorgde dat ze geen sperma op hem achterliet.

"Oh ja, dat was het wachten waard, je mag nu naar de wc", glimlachte Sire en ging voorop staan en ze kroop achter hem aan. Hij zette haar op het toilet aan de achterkant van de stoel en liet een kleine hoeveelheid ruimte vrij tussen haar wijd gespreide benen en de voorkant van de stoel. Hij staarde op haar neer. 'Nou, pis als het zo nodig is,' gromde hij.

Susan sloot haar ogen en dwong haar blaas zich te ontspannen. Ze was net begonnen met plassen toen ze verbaasd piepte. Haar ogen gingen open en ontdekten dat Sire ook aan het plassen was en tegelijkertijd zijn gele stroom over haar kut spetterde terwijl hij dat deed. Toen hij klaar was hield hij zijn pik tegen haar mond, "Maak mijn pik schoon", beval hij.

Omdat ze het verzoek niet geloofde en haar eigen bereidheid om te gehoorzamen, opende ze langzaam haar lippen en nam het nu sponsachtige hoofd tussen haar lippen, zuigend en schokkend van schrik terwijl hij haar een laatste straal hete pis over haar tong gaf. 'Slik het door, pis is onvruchtbaar, het zal je geen kwaad doen,' grinnikte hij toen hij haar zag aarzelen tussen gehoorzaamheid en afkeer, maar ze slikte. 'Braaf meid,' streelde hij haar haar, 'nu douchen, je ruikt naar een hoertje van tien dollar op een drukke avond,' hij bleef grinniken om haar diepe blosjes van vernedering.

'Ja, Sire,' antwoordde ze automatisch.

Toen verliet hij haar en ze dook de douche in, terwijl ze haar lichaam schrobde en gorgelde met het hete, stomende water om de smaak van urine uit haar mond te verwijderen. Ze kwam fris en ontspannen uit de badkamer, terwijl het hete water wonderen deed op haar pijnlijke spieren. Hij riep ongeveer halverwege de ruimte vanuit een deel van de ruimte en glimlachte toen ze dichterbij kwam.

"Ga zitten en eten. Je bent te mager zoals iedereen zegt, en ik heb strikte instructies om je goed te voeden", lachte hij en ging zelf zitten. Hij had pannenkoeken en spek en eieren en een berg toast gemaakt. "Gelukkig doe ik altijd een grote winkel als ik thuiskom van een reis", lachte hij.

Susan ontdekte dat ze, net als het diner van de avond ervoor, honger had en gelukkig at. Ze wist niet zeker of het de training was die hij haar de avond ervoor had gegeven of gewoon het nieuwe gevoel van richting dat ze in haar leven had, maar ze twijfelde er niet aan en at terwijl ze wist dat ze in de gaten werd gehouden.

'Is er een reden dat deze ontmoeting bij de club moet plaatsvinden?' vroeg Sire.

'Ik denk dat meester Andrew wilde dat ik me daar zou omkleden voordat ik bij het bedrijf zou komen; het is een zakelijke bijeenkomst,' antwoordde ze naar waarheid.

'Oké, ik denk dat ik je moet laten aankleden voor de vergadering,' grinnikte hij. 'We kunnen nog een paar andere dingen bij je ophalen. Ik neem aan dat je daar een appartement hebt?'

'Ja, Sire,' glimlachte ze, in beslag genomen door zijn humor.

'Blijf eten, ik ga Alan bellen. Kijken of we de locatie niet een beetje kunnen veranderen,' grijnsde hij.

Susan ging door met eten, maar ze kon het luide gesprek horen terwijl Sire's humeur oplaaide en ze kromp een beetje ineen. Hij kwam fronsend naar haar terug en bleef een ogenblik diep in gedachten verzonken zitten. Plotseling uit zijn gedachten komend, keek hij haar aan: 'Overbezorgde klootzakken , nietwaar? Geen wonder dat je moest ontsnappen.' Hij stak zijn hand uit en pakte haar hand in een daad van tederheid en begrip. 'Ik zal hier zijn als je terugkomt van je zakelijke bijeenkomst. Ga je nu aankleden, kleintje,' spoorde hij haar aan.

'Ja, Sire,' zei ze zachtjes, verward door wat er was gebeurd.

Hij ruimde het puin van het grote ontbijt op en bekeek haar vanuit zijn positie, omdat hij groot genoeg was om over of langs de meubels ertussen te kijken. Ze was een mooie jonge vrouw, onderdanig en gehoorzaam ondanks haar gebrek aan training. Er was echter meer aan de hand dan op het eerste gezicht leek, en hij besloot dat hij de volledige details van Roberts dood en haar aandeel daarin moest weten . De manier waarop Alan en Andrew op haar verzoek reageerden, het leek alsof ze haar oordeel over wat ze wilde of nodig had in haar leven niet vertrouwden, en hij wist precies wie hem de antwoorden kon geven die hij wilde, als hij haar kon vinden. .

Sire trok zijn oude, versleten leer aan en zijn jasje, haalde er een kleinere uit die hij had voor gelegenheden als deze en bood die aan

Susan aan, die er net zo sexy uitzag als de avond ervoor, te meer zelfs omdat hij nu wist van de geneugten van het leven. met behulp van het kleine, heerlijke lichaam. Het jasje was weliswaar klein, maar toch een paar maten te groot, maar ze rolde de manchetten op en ze vertrokken om terug te keren naar haar appartement. Tijdens de rit vroeg hij haar naar haar baan in het bedrijf en de mensen met wie ze samenwerkte. Hij was blij te horen dat Cassandra haar PA was en vroeg of ze vandaag bij de bijeenkomst aanwezig zou zijn. Hij glimlachte in zichzelf toen Susan precies uitlegde waar hij Cassandra kon vinden.

Opnieuw parkeerde Sire voor de deur en begeleidde haar naar haar appartement. Hij doorzocht onmiddellijk en met een gevoel van urgentie haar kledingkast en gooide verschillende outfits op haar bed. "Die neem je mee samen met alle persoonlijke spullen die je de rest van de week wilt hebben. Al het andere dat we nodig hebben , komen we onderweg wel tegen, je komt hier pas terug als we klaar zijn met je training." hij keek haar aan terwijl ze haar hoofd schuin hield en in gedachten op haar lip beet. Hij liep naar haar toe en tilde haar kin op zodat hun ogen elkaar ontmoetten.

"Ze zullen je opnieuw vragen of deze training is wat je wilt," zei hij serieus. "Wees heel zeker voordat je antwoord geeft, want ik zal je niet behandelen als een kwetsbare porseleinen pop. Ik zal genieten van elk moment van je onderwerping, op mijn manier, nee compromissen of een speciale behandeling, hard en ruw en veeleisend, net als ik." Hij zag een zweem van een glimlach en wist dat dit was wat ze moest horen. Nu moest hij er alleen nog achter zien te komen wat er de afgelopen zes maanden in godsnaam aan de hand was geweest.

Susan voelde zich opgelucht. Ze had zich zorgen gemaakt over zijn stemmingsverandering na het telefoontje naar Alan en dacht misschien dat hij haar niet verder had willen trainen. Ze was bang dat ze weer zou worden weggevoerd om de pijnlijke halveringstijd van medelijden en verlies te doorstaan die ze had geleefd. Er waren overeenkomsten met Robert in de man die haar blik vasthield, maar er waren ook veel verschillen en dat maakte het op zijn eigen manier spannend. Hij was gekozen omdat Andrew hem haar onderwerping vertrouwde, en vreemd genoeg was de steun van Andrew, na alles wat Robert had gedaan om haar vertrouwen te winnen, voorlopig genoeg voor Susan.

'Ja, Sire,' antwoordde ze ten slotte, 'ik zou heel graag nog een week bij u willen blijven.' Hij grinnikte en bukte zich om haar diep te kussen, terwijl hij op haar kont sloeg, waardoor hij een piep uitlokte die hem nog meer deed grinniken.

'Goed, nu deze ontmoeting,' wendde hij zich weer tot haar garderobe, 'je hebt iets sexy nodig. Iets dat zegt dat je een zelfverzekerde jonge zakenvrouw bent , die haar eigen geest kent.' Hij begon haar pakken omhoog te houden en ze een voor een weg te gooien. 'Eindelijk,' ademde hij. Hij hield een korte, aansluitende tuniekjurk in marineblauw omhoog. Hij ging naar haar ondergoedlade. 'Hoezeer het mij ook pijn doet,' hield hij een doorschijnend kanten slipje en een paar vleeskleurige dijhoge kousen met elastische kanten manchetten aan de bovenkant voor. Hij keek naar haar terwijl ze zich aankleedde en haar bijpassende blauwe pumps met hoge hakken doorgaf.

'Haar opgestoken en een vleugje make-up,' beval hij en begon de spullen die hij op bed had gegooid in een tas te stoppen. "Persoonlijke dingen?" vroeg Sire terwijl ze de tas gingen dichtritsen, en ze ging naar de badkamer om haar tandenborstel te pakken, terwijl ze zich de nieuwe smaak van vanochtend herinnerde. Ze pakte ook een aantal van haar make-up- en haarelastiekjes in, samen met een foto. Een vrolijk ogende familiefoto van haarzelf en haar ouders, genomen op hun jubileumfeest. Robert zat er niet in, maar Susan herinnerde zich wie de camera had vastgehouden en glimlachte terwijl ze ernaar keek voordat ze hem aan hem overhandigde om in te pakken.

'Tinkerbelle, hè? Het staat je goed,' grinnikte Sire. Hij pakte de tas en het jasje op dat ze eerder tijdens de fietstocht had gedragen. 'Dan kun je het beste naar Andrew gaan.'

Ze gingen met de liften naar de club en liepen door de foyer, waarbij ze alle begroetingen negeerden terwijl hij haar naar de studeerkamer leidde. Sire verspilde geen tijd aan beleefdheden in wat hij zag als een pretentieuze club.

'Ik weet niet wat je hier speelt, Andrew. Het is haar leven, haar onderwerping, haar gave en om de woorden van onze broer Barry te lenen: als je haar te strak vasthoudt, zal ze je bijten en wegvluchten,' hij draaide zich om en overhandigde Susan haar telefoon. "Mijn nummer is daar als dit voorbij is, ik kom je halen wanneer je maar wilt, bel gewoon en vertel me waar."

'Als je om de een of andere onverklaarbare reden vanavond niet belt,' richtte hij een stalen blik op Andrew, 'breng ik je tas morgen terug naar de foyer.' Hij liep naar de deur en draaide zich om voor een laatste afscheidsschot: 'Laat haar je niet bijten Andrew, want je krijgt haar nooit terug.'

'Je had het hem moeten vertellen,' zei Gregory aan de andere kant van de kamer, waardoor Susan opschrikte, 'net zoals je het de belanghebbenden had moeten vertellen.' Gregory leek boos en Susan besefte dat ze deel had uitgemaakt van een ruzie zonder het zelfs maar te weten. Ze bleef stokstijf staan en probeerde uit te vinden wat er zojuist was gebeurd.

Andrew ging naar Susan toe en duwde haar overeind. Hij merkte dat ze in gedachten over de problemen nadacht, aan de manier waarop ze zo grondig op haar onderlip kauwde. Hij zat in een grote, comfortabele stoel en hield haar op zijn schoot voordat hij haar voorhoofd kuste en glimlachte.

"Kijk niet zo bezorgd kleintje, het valt mee", zei Andrew zachtjes. 'Je zag er geweldig uit, zelfs blij toen je binnenkwam. Heb je een leuke avond gehad?'

'Ja, meester Andrew,' grijnsde Susan.

'Goed,' Andrew ontspande zich zichtbaar toen hij haar glimlach zag, en Gregory kwam dichterbij en ging vlakbij zitten. 'Ik moet je naar de vergadering met Alan brengen; hij heeft het te druk om nu het kantoor te verlaten, dus we gaan er binnenkort heen, maar eerst', dekte hij af, ' heeft Barry voor vanavond een bijeenkomst van belanghebbenden belegd en ik denk niet dat het zal gezellig zijn. Je hoeft niet aanwezig te zijn als je niet wilt.'

"Het gaat over mij?" Susan begon weer op haar lip te knagen terwijl ze over zijn woorden nadacht.

'Ja', Andrew was verrast door haar vraag, 'Barry beweert dat hij er vooraf zeker van was dat hij je zou mogen trainen en dat je via Robert akkoord was gegaan met de regeling. Als je voogd was de wens van de belanghebbende om mij te smeken om de oorspronkelijke overeenkomst nieuw leven in te blazen."

'Ik begrijp het,' knikte Susan, 'kun je me alsjeblieft meenemen naar meester James, vóór de ontmoeting met Alan. Ik weet zeker dat hij het niet erg zal vinden als ik een beetje laat ben,' vroeg ze hoopvol.

"Dat zou kunnen, maar ik zou eerst graag willen weten waarom," fronste Andrew. Dit was niet het antwoord dat hij had verwacht.

"Alsjeblieft, meester Andrew, het is heel belangrijk voor mij, en u kunt de hele tijd bij mij blijven. Ik heb een idee , maar ik ben er niet zeker van dat het zal werken, en ik moet er goed over nadenken en met meester James praten voordat ik het zeg." het hardop," legde ze uit zonder uitleg.

In werkelijkheid kon Susan maar heel weinig van hem vragen dat hij niet zou doen, en hij zag geen kwaad in haar simpele verzoek. 'Gregory, kun je Alan bellen en kijken of we de vergadering een uur kunnen uitstellen? Zeg hem dat het 'belangrijk' is,' benadrukte hij het woord en grijnsde. Hij knikte naar de telefoon in Susans hand: 'Je kunt James bellen, want ik heb geen idee waarom je hem wilt zien.'

Susan lachte en belde het nummer in haar telefoon. Ze had alle nummers van Roberts beste vrienden, voor het geval ze ze ooit nodig zou hebben. James was dolblij om van haar te horen en verwelkomde het geïmproviseerde bezoek. Gregory bevestigde dat Alan graag de vergadering uitstelde, omdat hij tijd kon vrijmaken voor Susan als ze vanmiddag aankwam.

Binnen een halfuur zat Susan samen met Andrew in de studeerkamer van James, na een langgerekte groet en zucht van Sara, die beweerde nooit in de studeerkamer van haar vader te mogen komen. Ten slotte was ze gaan pruilen en tekenfilms gaan kijken, zodat ze over volwassen dingen konden praten, ook al leek Susan maar een klein beetje op haar.

'Kom kleintje. Vertel oom James hoe hij je kan helpen,' de oudere man klopte op zijn schoot en nodigde haar uit om te gaan zitten. James had een manier om haar het gevoel te geven dat ze een klein kind was en gehoorzaam ging ze op zijn schoot zitten en liet hem haar geruststellend dicht tegen zich aan knuffelen.

'Kom je naar de bijeenkomst van belanghebbenden, oom James?' vroeg Susan zachtjes.

'Natuurlijk, kleintje,' was Barry er onvermurwbaar over.

' Nou , dat is het punt.' Susan ging rechtop zitten en probeerde volwassener te zijn dan zijn aanwezigheid haar ooit had toegestaan. "Ik ken het trainingsschema dat mijn Master heeft opgesteld beter dan wie dan ook. Hij vertelde me altijd wat hij wilde en gaf me keuzes, en ik denk dat sommige mensen vergeten dat dat deel uitmaakt van wie ik ben." James knikte maar bleef stil totdat ze zich een weg baande naar wat ze wilde zeggen.

'Het punt is,' fronste ze terwijl ze probeerde onder woorden te brengen wat ze wilde zeggen. 'Het is alsof jij de eerste was op de lijst die Meester maakte op basis van de overeenkomst die hij had met zijn vrienden en...' ze zweeg even en knaagde op haar lip, 'als ik naar je toe was gekomen zoals ik nu ben, en je was het ermee eens dat iemand die jij had begeleid, zou mij in jouw plaats moeten trainen vanwege jouw nauwe band met Meester..."

'Dan kun je een week bij Billy doorbrengen,' maakte James voor haar af, grinnikend van oprechte vrolijkheid. 'Robert schepte altijd op over hoe slim en attent je was! Het is geniaal!' Zijn grinniken deden zijn buik rollen en Susan verdringen, die niet anders kon dan met hem meegiechelen.

'Misschien kun je de andere meesters ook aanmoedigen om een tweede te gebruiken, iemand die ze als mentor hadden begeleid en vertrouwden, zodat Susan een zekere mate van afstand van Robert zou hebben,' opperde Andrew, die stil was gebleven, uiteindelijk.

"Uitstekend!" James zei enthousiast: 'Ik zou namens haar een goede, oprechte toespraak kunnen houden. De vraag is: wil Billy haar terug?'

"Hij nam mijn tas mee die hij zelf had ingepakt en zei dat ik hem moest bellen zodra ik er klaar voor was", grijnsde Susan.

'Braaf meisje,' James genoot enorm. Het pensioen en het rustige leven met Sara, die eigenlijk een braaf meisje was, boeiden hem niet meer zoals vroeger. ' Maar jij neemt oom Billy mee voor een speelafspraakje met Sara op een middag naar keuze, zodat jij en ik nog wat kunnen kletsen.' Susan knikte terwijl ze op haar lip kauwde en vroeg zich af hoe ze Sire zou vertellen dat hij naar een theekransje met Sara moest als James weer sprak. 'Maak je maar geen zorgen, kleintje, ik zal het hem vertellen als je wilt. Ik denk dat hij wel een kick zou krijgen van wat je vanmiddag hebt gezegd.' Hij barstte in een luide lach uit. 'Ik denk niet dat we zoiets als deze nog hebben gezien sinds Kitty ons verliet, hé, Dick?'

Andrew knikte maar uitte zijn gevoelens niet, ze waren nog steeds te rauw. Kitty was tien jaar geleden overleden, maar hij had pas onlangs echt afscheid van haar genomen, samen met zijn beste vriend en zakenpartner Robert.

'Het spijt me oom James, maar ik heb nog een vergadering te gaan. Ik weet zeker dat als je het aan Sire uitlegt, ehm Billy, hij me binnenkort naar een speelafspraak zal brengen,' glimlachte ze. "Maar ik zie je vanavond en help je me, met de andere Masters?"

'Natuurlijk, lief kind. Sterker nog , ik kijk er best naar uit,' grinnikte James opnieuw.

'Ik ook,' kon Andrew niet anders dan meedoen aan de gemoedelijke sfeer.

Susan kuste James' wang en stond op en keerde terug naar Andrew's zijde, terwijl hij op zijn beurt opstond en haar hand pakte. 'Zeg tegen Sara dat ik haar ooms zal vragen haar een verrassing te sturen omdat ze zo'n braaf meisje is,' grijnsde Susan en ze liepen naar de deur en lieten zichzelf stilletjes naar buiten.

Susan reed stilletjes naast Andrew in de auto terwijl ze verzonken in haar eigen gedachten het bedrijf binnenreden. 'Het leek erop dat we je allemaal onderschatten, kleintje,' verbrak Andrew uiteindelijk de stilte. 'Hoe wist je dat James zoveel gewicht in de schaal legde in zijn levensstijl?'

'Dat deed ik niet echt. Het was een soort gok, maar Meester toonde hem altijd respect, hij was altijd de eerste,' wuifde Susan de veronderstelling weg dat ze een innerlijke manier had om het te weten.

'Voor zover ik weet zijn er drie keer geweest dat iemand James heeft gekruisigd. In twee van die gevallen eindigden de mannen failliet en alleen, hun reputatie aan flarden,' grijnsde Andrew. 'Ook al besef je het niet, wat je net hebt gedaan was een meesterlijke slag. Ik hoop dat je genoten hebt van je avond met Sire, want er zullen er nu nog meer volgen.'

'Daar kan ik mee leven,' grijnsde ze.

Andrew lachte toen met haar mee en keek haar aandachtig aan. Hij had haar tijdens zijn leven uitsluitend gezien als de slaaf van Robert, iemand die hij kon bevelen en waarmee hij kon spelen. Bij zijn dood had hij gezien dat ze als kind beschermd, verwend en verzorgd moest worden. Toen ze nu uit de donkere wolk tevoorschijn kwam die haar na zijn dood had overspoeld , besefte hij hoe capabel ze was om haar eigen leven te leiden, maar tegelijkertijd bereid was zich te buigen voor de regels en wil van de mensen die voor haar belangrijk waren in de club. , het gezelschap en de levensstijl die ze deelden zoals ze met Robert had geleerd .

Susan was verrast door de warme groet die ze kreeg van de receptionisten op de begane grond. Ze vroeg zich af of ze altijd zo vriendelijk waren geweest of dat ze alleen maar bij Andrew was. Ze namen zwijgend de lift naar Alans kantoor en liepen door de foyer en door de gang naar de suite terwijl ze de collega's begroetten.

Anne was opgestaan en had Andrew snel gegroet en vervolgens Susan tegen zich aan gedrukt: "Oh, mijn god, het is zo goed om je te zien en je ziet er geweldig uit!" Ze liep met hen mee naar Alans kantoor. Susan had veel zin in deze ontmoeting, en ze stilde de kriebels in haar buik terwijl ze naar haar vriend en voogd Alan keek , wiens gezicht bijna in tweeën splitste door zijn glimlach toen hij haar zag. Hij trok haar in een dikke knuffel en kuste haar stevig.

" Dus je rug en je hebt een voorstel voor mij," Alan zette haar weer op de grond.

'Niet zozeer een voorstel, maar iets wat ik graag zou willen doen,' zei Susan hoopvol, met een zelfverzekerde stem, ook al voelde haar ingewanden aan als gelei. Ze bereidde zich voor om haar ultimatum te stellen, maar hoopte dat het niet zo zou klinken. Eindelijk haalde ze diep adem en zei tegen Alan precies wat ze vierentwintig uur eerder tegen Andrew had gezegd. 'Kunnen we alsjeblieft als vrienden spreken, vrienden die om elkaar geven?' Andrew leunde achterover en keek toe terwijl hij zich afvroeg of zijn gezicht vol verdriet en verwarring was, toen ze dezelfde woorden tegen hem zei als die van Alan nu.

'Natuurlijk,' zei Alan grootmoedig, en hij hervond snel zijn zakelijke kalmte.

Susan verdoezelde haar tijd in Andrews 'hut' en haar roekeloosheid bij het zoeken naar one- night-stands alleen maar om weer iets te voelen. Ze legde uit dat de one- night-stands tijdverspilling waren en dat Cassandra had gezegd dat het een les was die ze moest leren. Van die vanille kon ze niet langer echt genieten.

Ze nam de tijd en legde vervolgens uit over het bezoek van Barry en Cinthia en hun voorstel over de training die Robert had gegeven. Ten slotte sprak ze over haar eigen gevoelens over hoe het nu zou kunnen werken en als hij James vanavond tijdens de bijeenkomst zou helpen, zou ze gelukkig kunnen zijn. Tussen alle informatie die ze hem gaf vertelde ze dat ze zich een melaatse had gevoeld, onaantastbaar en kwetsbaar, als een kapot stuk speelgoed op een hoge plank waar mensen naar grijpen, maar zich dan herinneren dat het kapot is en weglopen.

'Er is meer,' haalde Susan diep adem. 'De zakelijke kant van mijn leven, en daarom ben ik hier', zei ze rustig.

'Ga dan vooral door,' zei Alan enthousiast en leunde achterover in zijn stoel, terwijl hij genoot van het luisteren naar haar toespraak met een duidelijke richting. Susan schetste haar idee voor een nieuw bedrijf dat ze zou kunnen bezitten en beheren onder de vlag van het bedrijf, en haar idee om te reizen om gelijkgestemde bedrijven en fabrikanten te inspecteren.

'Dit was allemaal van Robert, niet echt van mij, en hoewel ik dankbaar ben voor mijn positie hier in zijn bedrijf, kan ik hier of in dat kantoor niet zijn als ik ooit enige rust wil vinden van de nachtmerries en het schuldgevoel die mij teisteren . Ik zou graag willen reizen en zien hoe deze bedrijven werken en hoe de fabrikanten die eraan leveren relaties opbouwen, om het zo maar te zeggen,' zei Susan eindelijk even om adem te halen en op te kijken naar Alan.

" Dus om het samen te vatten zoals ik het begrijp," keek Alan haar serieus aan, "Je wilt dat ik James steun en wat hij ook zegt over je training vanavond op de stakeholderbijeenkomst," wachtte hij terwijl ze zachtjes blozend knikte, "en je wilt dat ik om je goedkeuring te geven aan het rondscharrelen door het land en het inspecteren van kleine bedrijven tussen deze training door." Opnieuw knikte Susan.

'Als de belangrijkste partner in deze zaak, naast jou en Vince, hoewel dat nog moet worden besloten, moet ik vragen,' Alan keek haar strak aan, 'wat levert het ons op.'

Andrew was verrast door de vraag. Hij had er niet eens aan gedacht om nee te zeggen tegen Susan, maar eerder aan de logistiek om haar veilig te houden terwijl ze reisde. Hij zag hoe Susan haar rug rechtte en diep ademhaalde.

'Ik kan hier niet fulltime terugkomen en gelukkig zijn,' zei Susan droevig. 'Ik heb met mijn advocaat gesproken, en het idee is goed. Ik zou het zelf kunnen doen als ik de dividenden van mijn aandelen in het bedrijf nodig had en ervan moest rondkomen. Ik zou dit echter veel liever onder jouw begeleiding doen.' Ze deed een beroep op zijn ego: 'Robert vertelde me toen we in Italië waren dat je dit bedrijf net zo goed kon runnen als hij, zo niet beter terwijl hij weg was, daarom kon hij gewoon opstaan en voor zo'n groot aantal uren vertrekken. tijd; hij had jou en Andrew om voor alles te zorgen... inclusief mij.' Ze gooide de laatste twee woorden zonder na te denken, maar ze wist dat het waar was.

"Zo'n vleierij is beneden je niveau, Susan, hoewel mijn ego genoot van het strelen. Hier gaat het over zaken, over wat voor soort zaken hebben we het?" Alan ging naar voren in zijn stoel zitten, klaar om haar op de proef te stellen en gaten in haar bedrijfsplannen te prikken, als ze die al had.

Andrew leunde achterover en keek naar de uitwisseling. Dit was de reden waarom hij de leiding van het bedrijf aan Alan had overgelaten, die alleen de grote beslissingen nam. Kleine of grote Alan genoot van de machinaties van de zakenwereld en kon mogelijke valkuilen eerder ontdekken dan anderen.

"Ik ben geïnteresseerd in sieraden, een kleine winkel om mee te beginnen, maar uiteindelijk uit te breiden naar een franchise. Hoewel het de gebruikelijke dingen zou verkopen die je in een juwelierswinkel tegenkomt, zou ik graag willen dat het ook meer een boetiek wordt die gespecialiseerd is in handgeblazen glas zoals fetisjkleding zoals de halsbanden die meester Andrew maakt. Ze zijn prachtig en voor zover ik kan zien is dit een grotendeels onaangeboorde markt, afgezien van wat er online beschikbaar is,' pauzeerde Susan even om adem te halen. In werkelijkheid had ze, in de overtuiging dat ze een soort jonge weduwe was, de afgelopen twee maanden online onderzoek gedaan naar soortgelijke soorten bedrijven.

'Ik begrijp het,' mompelde Alan, 'heb je een plan met je?'

'Als ik ergens op een computer kon inloggen, zou ik het voor je kunnen afdrukken,' glimlachte Susan en zag tevreden de verbazing op het gezicht van Alan. Ze was doelbewust naar binnen gelopen, met niets in haar handen. Innerlijk grijnsde Susan maar hield haar gezicht serieus. Ze had het plan naar zichzelf gemaild voor het geval een dergelijke gelegenheid zich ooit zou voordoen.

'Natuurlijk mag je van Anne de hare gebruiken,' grinnikte Alan, zich realiserend dat hij de jonge vrouw had onderschat. Robert had haar zo overschaduwd dat hij nooit veel geloof had gehecht aan de bedrijfsdiploma die ze behaalde en waarom ze voor hem was komen werken. Hij zag Susan zijn kantoor verlaten en de deur achter zich dichttrekken.

'Interessant,' mompelde Alan tegen Andrew, 'ik denk dat ik dat meisje heb onderschat.'

"Jij en ik allebei," grinnikte Andrew, "ik heb gisteren de deal gekregen van 'kunnen we praten als vrienden die om elkaar geven', waarbij meer nadruk lag op de persoonlijke dingen en training. Ik denk dat ondanks het aantal keren dat Robert ons vertelde haar intelligentie en kracht, de meesten van ons hebben dat kleine meisje totaal onderschat."

'Dat zie ik,' knikte Alan en gaf toe dat hij hetzelfde voelde.

"Ik kreeg eerder vandaag wat advies van Wildman," begon Andrew te lachen, zich realiserend hoe waar het was na Susan's gesprek met Alan over het alleen doen als hij haar niet wilde steunen, ook al had ze het op een tactvolle manier gezegd, het bedroeg naar hetzelfde.

'Dat kan ik me voorstellen,' lachte Alan hardop.

'Verrassend genoeg citeerde hij vooral Barry en ik denk dat het vanavond nodig zal zijn als de gelegenheid zich voordoet. Na het gesprek dat je net met Susan hebt gehad , denk ik dat het gepast zou kunnen zijn om zijn eigen woorden tegen hem te gebruiken.' Andrew zweeg even en Alan keek hem met opgetrokken wenkbrauw aan.

'Hij kon zien dat ze haar eigen weg vond op haar eigen voorwaarden, en ze was bang, als een Brumby die naar de binnenplaats wordt gebracht, in de woorden van Barry:' als je haar teugels te strak vasthoudt, zal ze je bijten en wegrennen, ' en als ze dat doet, weet ik niet of we haar ooit terug kunnen krijgen,' wreef Andrew over zijn kaak. "Met de one night stands en zo, maak ik me zorgen..."

dat begrijp ik, maar ik ga een slecht businessplan niet goedkeuren,' ook Alan keek nadenkend. 'Als er werk nodig is, zoals ze in het begin allemaal doen, kunnen we het samen doen, bij de club als ze hier niet wil zijn,' verbeterde hij zich, in overeenstemming met haar woorden en de gegronde zorgen van Andrew.

Susan kwam terug en kauwde op een bitterkoekje en overhandigde de afgedrukte vellen van haar plan aan Alan. 'Geef me alstublieft uw eerlijke mening,' zei Susan zachtjes terwijl ze het document losliet.

Toen ze zag hoe Alan door het document begon te bladeren, wendde ze zich tot Andrew en zei zachtjes: 'Denkt u dat we vanavond vroeg kunnen gaan eten voor de bijeenkomst, alstublieft, meester Andrew?' Ze keek op en zag Anne de deur van het kantoor dichtdoen nadat ze haar had horen praten. Anne had haar opnieuw sterk aangeraden iets te doen en was in de buurt gebleven om er zeker van te zijn dat ze dat deed. "Ik heb de laatste tijd honger."

'Natuurlijk,' zei Andrew met een frons, zich realiserend dat ze de lunch helemaal hadden overgeslagen.

"Er is een geweldig klein Aziatisch restaurant op weg naar de club als je ergens anders wilt eten. Ik wilde Anne meenemen als je mee wilt, maar zeg het niet tegen Barry, hij kan een beetje aanmatigend zijn over dat we ergens anders gaan eten,' grijnsde Alan.

Andrew haalde zijn schouders op en Susan knikte glimlachend. Het leek erop dat iemand eindelijk naar haar luisterde. Robert had altijd gezegd dat hij niet bang moest zijn om te vragen wat ze wilde, hij zou dan kiezen of het gepast was of niet. Misschien was het de kalme, goed doordachte manier waarop ze de twee mannen had benaderd aan wie hij haar toekomst had toevertrouwd, in plaats van hen uit te schelden omdat ze wilden ontsnappen en met rust gelaten willen worden, waarvan ze nu besefte dat dit nooit een optie voor haar was. Zowel Andrew als Alan namen hun verantwoordelijkheden serieus, en het was hun manier om Robert te eren.

"Bedankt dat jullie serieus naar mijn verzoeken hebben geluisterd en de tijd hebben genomen om erover na te denken. Het kan de laatste tijd niet gemakkelijk zijn geweest om in de buurt te zijn, en dat spijt me," Susan keek hen allebei aan. "Ik ben een gelukkig meisje dat jullie allebei voor mij zorgen en nog steeds voor mijn welzijn zorgen , en daarom hou ik van je. Robert wist zoals altijd wat ik nodig zou hebben voordat ik dat ooit deed.' Ze beet op haar lip terwijl ze stilstond bij zijn controle over haar leven, terwijl haar ogen glazig werden van de tranen. "Ik besef dat mijn houding ten opzichte van het werk veranderd is, en alles lijkt nogal plotseling, maar ik heb er de laatste tijd veel over nagedacht en ik wil dit echt allemaal doen."

'Ik heb dit plan nog niet echt bekeken, en ik laat je geen slechte investering doen alleen maar omdat je het vriendelijk vraagt,' zei Alan resoluut.

'O, dat weet ik,' glimlachte Susan scheef, 'daarom vertrouwde Robert erop dat jij mij zou adviseren en helpen. Daarom vertrouwde hij erop dat Andrew ervoor zou zorgen dat ik niet zomaar zou worden meegesleurd door een Meester die mijn onderwerping niet verdiende.

Dat snap ik eindelijk." Ze lachte beschaamd: 'Ik zou gewoon graag... ik weet het niet... een keuze hebben in wat mijn toekomst in petto heeft, en weer gaan leven, weet je?' 'Ik was nooit dapper genoeg om met je te praten over wat ik echt wilde doen.' Ze keek ze allebei aan : 'Ik denk dat het bezoek van Cinthia en de uitnodiging van Barry de katalysator waren, voeg mijn dronken bekentenis aan Gregory toe over wat ik in de hut had gedaan en alles kwam in één keer samen, zodat ik eindelijk moest spreken omhoog."

Alan keek opnieuw naar het plan in zijn handen. Hij had genoten van haar korte toespraakje. Het getuigde van een vooruitziende blik op een beslissing die volgens hem overhaast en haastig was genomen. "Laat Anne je rondleiden in de paar kantoren waar we je naartoe kunnen verhuizen en je eigen kleurenschema's en dergelijke uitkiezen, terwijl Andrew en ik een gesprek hebben over dit plan van je en wat je wilt dat ik steun James bij de bijeenkomst vanavond," was Alan erg zakelijk in plaats van de ontspannen gek die Susan wist dat binnen de persoonlijkheid van de bedrijfsman hoorde.

'Ja, meester Alan,' glimlachte Susan lichtjes. Ze wilde haar geluk niet op de proef stellen door nog meer vragen te stellen over wanneer Andrew hem had verteld over haar wens om van kantoor te veranderen of waarom hij zo snel had ingestemd. In plaats daarvan knikte ze en verliet stilletjes de kamer en liet de mannen met elkaar praten.

Anne vond het geweldig om Susan voorlopig helemaal voor zichzelf te hebben en praatte vrolijk terwijl ze door de gang liepen om een kijkje te nemen in de kantoren. Toen ze de eerste naderde, herkende ze hem en wendde zich met grote ogen tot Anne: 'Ik wil niemand uit zijn eigen kantoor schoppen!'

'O, liefje,' grijnsde Anne. 'Dat is niet zo. Ze bieden zich vrijwillig aan. Sterker nog, ik wed dat ze je proberen zover te krijgen dat ze hun ambt overnemen.'

"Waarom zouden ze dat doen?" Susan was opnieuw in de war.

"Elk van de mannen is een top presterende manager die er goed aan heeft gedaan om te voorkomen dat hun portefeuille instort na het nieuws van... nou ja, welk kantoor je ook kiest, mag in het kantoor van Alan verhuizen, en hij zal verhuizen naar de suite die jij kiest." zal vertrekken. Het is overal een win-winsituatie, als je erover nadenkt.' Anne legde het uit.

'Waarom ruilde Alan niet gewoon zelf met mij?' Susan was geamuseerd door Annes uitleg.

'Omdat je de laatste tijd een verwend nest bent, en hij wilde dat je zelf zou kiezen, zodat je over een paar maanden niet meer van gedachten zou kunnen veranderen,' haalde Anne haar schouders op en onderdrukte een glimlach bij de afschuwelijke blik op Susans gezicht. gebarsten woorden.

'Ik ben behoorlijk vreselijk tegen jullie geweest, nietwaar,' erkende Susan. "Het was gewoon..."

'We begrijpen het lieverd. Toch is het goed om een glimp te zien van de Susan die we kenden die terugkomt. Misschien herinner je je nu weer wie je vrienden werkelijk zijn,' zei Anne zuur, maar ze kon er niets aan doen, ze was gekwetst door Susan. verscheen de afgelopen twee dagen opnieuw zonder zelfs maar te bellen om haar op de hoogte te stellen en misschien een afspraak met haar te maken.

Susan wist niet hoe ze zich moest verontschuldigen voor de gemene en kwetsende dingen die ze tegen al haar vrienden had gezegd, die haar alleen maar wilden helpen in haar verdriet. In plaats daarvan zei ze niets, dankbaar voor hun begrip en vergeving. Ze had vermeden hen weer te zien, omdat ze wist dat excuses nodig waren, maar het leek erop dat het voor Anne te laat was, te oordelen naar de manier waarop ze nu tegen Susan sprak.

Zoals voorspeld was elk van de leidinggevenden over Susan heen gestroomd en verkochten ze de beste punten van hun individuele kantoren, maar het was een van de assistenten die haar hielp een of andere beslissing te nemen. De directeur zelf was tamelijk typerend voor de alfamannetjes die in dit bedrijf te vinden zijn. Rhys Muldoon was lang, knap en gespierd, en hij sprak met vertrouwen toen hij de twee vrouwen begroette en hen in zijn kantoor verwelkomde bij afwezigheid van zijn assistent.

Nadat ze een vluchtige rondleiding hadden gekregen door het goed ingerichte kantoor, hadden ze zich voorbereid om te vertrekken toen een onberispelijk geklede jongeman zich naar binnen haastte. 'Anne! Ben ik te laat?' hij presenteerde hen koffie en een paar kleine gebakjes en moedigde iedereen aan om in de comfortabele stoelen te gaan zitten en van de snack te genieten. "Schat, als ik weet dat Alan en Andrew je de hele dag in de war hebben gebracht, hoe gaat het met je, vriendin?" Hij kneep in Susans hand voordat hij haar het bord met lekkers aanbood.

Anne barstte in lachen uit toen de jongeman hen nauwelijks een woord liet uitbrengen terwijl hij vraag na vraag aan Susan bleef stellen . Rhys onderbrak de stroom met een norse berisping. 'Misschien zouden ze, als je af en toe ademhaalde, je vragen beantwoorden,' zei hij met een laag, gevaarlijk gefluister. Passend gestraft leunde de jongeman achterover op zijn stoel en keek de meisjes gretig aan.

'Nee, je bent nog niet te laat en het gaat prima met Susan, nietwaar, lieverd?' Anne antwoordde hem.

'Dit is heerlijk, dank je wel,' wees Susan op de perfecte kleine gebakjes, 'ik heb honger, het had niet op een beter moment kunnen komen.'

'Neem me niet kwalijk, mevrouw Biancotti, ik heb dringend werk,' zei Rhys terwijl hij uit de comfortabele stoel opstond.

'O, het spijt me zo,' Susan stond onmiddellijk op alsof ze wilde vertrekken.

'Blijf alsjeblieft, Patrick pruilt, als je hem niet de details laat zien die hij zelf aan het kantoor heeft toegevoegd en alle roddels van jullie allebei krijgt.' De man lachte om de geschokte blik die Patrick hem wierp en vervolgde: 'Neem de tijd; ik weet zeker dat er geen haast is, als ik Andrew en Alan ken , zullen ze ruzie hebben over een klein detail in waar ze het ook over hebben.' De man knikte en verliet de kamer.

'En daarom houd ik van hem,' zei Patrick terwijl hij zich weer naar de vrouwen wendde. 'Nou, aangezien je toch niet met een prins uit het Midden-Oosten bent weggelopen, heb ik alle roddels nodig,' grijnsde hij naar Susan.

"Maak je een grap?" riep Anne uit, zonder Susan voor zichzelf te laten spreken: 'Ze is hier teruggekomen en eist een nieuw kantoor, waarschijnlijk een nieuwe PA, en doet auditie voor nieuwe Masters alsof ze de keuze heeft uit wie ze maar wil. Dit kleine meisje heeft een stel ballen gekregen. terwijl ze weg was.' Ze gooide haar hoofd lachend achterover terwijl ze Susan plaagde. De waarheid was dat ze zich verraden voelde omdat Susan geen van haar plannen met haar had gedeeld. Robert had haar in de positie van vertrouwelinge van zijn slaaf geplaatst, en Anne had zichzelf de beste vriendin van Susan in deze wereld gevonden. Susan had haar om advies moeten vragen of op zijn minst met haar moeten praten over haar plannen, maar in plaats daarvan had ze duidelijk met anderen gesproken.

"Oh, mijn god, zo is het helemaal niet!" Susan snakte naar adem: 'Zie ik er zo slecht uit? Ik wilde gewoon weer beginnen met de training die Robert voor mij gepland had en weer aan het werk gaan op een manier dat ik niet voortdurend aan hem herinnerd zou worden en aan het schuldgevoel dat ik voel dat hij mij heeft gered terwijl zowel hij als Tony..."

'Gestorven,' maakte Patrick voor haar af, terwijl hij Anne doordringend aankeek. "Goh Anne, dat was zelfs voor jou een beetje bitchy."

"Oh lieverd, wees eens rustig, het was een grapje", legde Anne een arm om Susans schouder. 'Je moet harder zijn dan dat, de mensen zullen veel erger zeggen, net zoals ze deden toen je Roberts halsband afnam, weet je nog? We hebben toen over alles gepraat.'

Susan knikte en glimlachte scheef, ze had alleen niet verwacht zulke dingen uit Annes lippen te horen, ze waren tenslotte vriendinnen. Ze kauwde nadenkend op haar lip en nam nog een klein gebakje.

"Ze is ook een van die meisjes die alles kunnen eten en nooit aankomen, kun je dat geloven?" ' voegde Anne er grijnzend aan toe, waardoor Susan even pauzeerde tijdens het kauwen. Anne lachte, maar Susan merkte dat er woede onder de oppervlakte van haar scherpe opmerkingen zat, en ze vroeg zich af waarom.

"Je weet wat ze zeggen Anne, als je niets aardigs kunt zeggen, hou dan je mond. Kom op Susan, ik zal je deze plek goed laten zien," zei Patrick, terwijl hij haar arm pakte en haar door de grote kamer leidde. 'Ik heb er echt geen zin in om ons kleine liefdesnestje te verlaten,' knipoogde Patrick en liet haar glimlachen. 'Nou, niet voor een kantoor van dezelfde grootte met een uitzicht dat slechts marginaal beter is, het heeft me eeuwen gekost om het hier precies goed te krijgen. Als u ons uw suite zou aanbieden,' grijnsde hij en liet hem open. 'Naar welke andere kantoren heeft u gekeken?'

Susan somde de namen op van de andere leidinggevenden die ze had bezocht en Anne voegde de naam toe van de laatste die ze nog moesten zien, vlak achter hen.

' Dus je hebt dit allemaal zelf gedaan?' Susan vroeg naar de meubels die het grote kantoor een knus en warm gevoel gaven.

'Natuurlijk, net zoals Anne de fantastische ruimte van Alan heeft verbouwd. De meeste assistenten die hun meester goed kennen, hebben de neiging om die kant van de zaak op zich te nemen,' genoot Patrick duidelijk van de onuitgesproken lof die van Susan kwam.

"Heel erg bedankt dat je me al je prachtige geheimen hier hebt laten zien, ik vind vooral de verborgen panelen in de muren leuk, het voelt zo warm en gezellig aan," zei Susan enthousiast, "maar ik denk dat mijn tijd al lang voorbij is en dat we nog steeds Nog eentje om naar te kijken, dus we moeten gaan."

"Robert heeft je in een moeilijke positie gebracht, waardoor je hier een minderjarige partner bent. Anne heeft gelijk, mensen zullen praten en gemene dingen zeggen, blijf gewoon doen wat je doet. Het komt allemaal goed, en de mensen zullen eraan wennen , uiteindelijk," glimlachte hij oprecht naar haar.

Ze liepen naar de kleine ontvangstruimte van het kantoor, waar Patricks bureau uitkwam op de wijd open gang. Het trio schrok toen Rhys, die de kamer eerder had verlaten, opstond van de stoel bij Patrick's bureau en fronste naar hen drieën. Zonder enige inleiding sprak hij resoluut tot hen: 'Patrick wijst juffrouw Biancotti door het volgende kantoor op haar lijst en geeft haar dan terug aan Andrew en Alan. Ik geloof dat ik graag even met de lieftallige Anne wil spreken.'

'Ja Meester,' zei Patrick en leidde Susan weg van het toneel waarvan hij zeker wist dat het aan het brouwen was. Susan keek bezorgd en beet op haar lip, maar Patrick was zijn gebruikelijke spraakzame zelf en stelde haar gerust: 'Dat meisje is zo populair. Je weet dat ze een Domme was voordat ze hier kwam werken. Iedereen respecteert nog steeds haar mening; ze heeft een heel goed verstand. voor zaken, ook al ging die van haar een tijdje geleden kapot, en ze had Robert en Andrew nodig om haar bij wijze van spreken te redden. Nou dat is oud nieuws, hier zijn we dan,' zei hij glimlachend en pauzeerde in zijn voortdurende gebabbel.

Susan liep een kantoor binnen met iets wat alleen maar als een Spartaans decor kon worden omschreven. Er leek helemaal geen versiering te zijn en het meubilair bestond uit een groot bureau met harde randen en een aantal ongemakkelijk uitziende stoelen.

' Nou, het is een blanco doek,' zei Patrick vrolijk. 'Ik denk niet dat de eigenaar van rommel houdt, jij wel?' Susan schudde zacht haar hoofd.

Ze liepen terug naar Alans kantoor en praatten langzaam over algemene zaken binnen het bedrijf; Susan besloot dat ze Patrick erg leuk vond. Hij negeerde de dood van Robert en haar daaropvolgende verdwijning niet, maar hij hamerde er ook niet op. Hij was sterk genoeg om te zeggen wat hij voelde zonder grof te klinken, en hij was echt goed gezelschap.

Ze gingen vol spanning een kantoor binnen en Susan wist niet zeker wat er gebeurde, dus bleef ze stil naar de groep mensen kijken.

'Nou, dat klinkt allemaal eerlijk en ik zal er morgen uitgebreider op ingaan,' zei Alan uiteindelijk in de stilte. "Bedankt dat je het onder mijn aandacht hebt gebracht, ik ben de laatste tijd een beetje afgeleid", gaf hij toe. 'Laten we gaan eten en dan kunnen we tijdens een lang diner praten over de uitkomsten voorafgaand aan de bijeenkomst van belanghebbenden. Heb je je auto of fiets meegenomen?' vroeg hij aan Andreas.

Susan keek Anne aan tijdens het gesprek. Ze leek ingetogen en wilde haar blik niet beantwoorden toen de mannen plannen maakten voor hun avond en Rhys de kamer verliet terwijl Patrick vriendelijk afscheid nam en de beste wensen uitsprak met haar plannen. Toen ze vertrokken om naar het restaurant te rijden dat Alan had voorgesteld, merkte Susan dat Anne niet bij hen was en keek fronsend over haar schouder terwijl Anne achter haar bureau ging zitten terwijl ze op de lift stonden te wachten.

'Anne heeft een aantal belangrijke zaken waar ze rekening mee moet houden,' legde Alan uit toen hij haar uitdrukking zag en de blik die ze Anne toewierp. Susan knikte, maar opnieuw kwam haar lip klem te zitten tussen haar tanden. Ze stapten de lift in en reden zwijgend naar beneden.

Terwijl Alan zich ging melden bij de receptie, wendde Susan zich tot Andrew en zei zachtjes: 'Het spijt me als ik me gedraag als een verwend nest dat terugkomt en eist dat iedereen zijn schema's om mij heen verandert.'

"Je hebt niets geëist. Je kwam naar mij toe met een voorstel en vroeg of het kon. Vervolgens heb je op alles een compromis gesloten, toen we het bespraken. Mensen eisen dat ze niet vragen en dingen bespreken, en een verwend nest zou hebben gestempeld haar voet en geen compromissen gesloten,' had Rhys hen verteld wat Anne had gezegd, en Andrew wist hoeveel invloed de woorden van haar vriendin met weerhaken zouden hebben gehad op de fragiele bravoure die Susan had verzameld om terug te keren naar de wereld die zowel hij als Alan waren geweest. bezorgd dat ze het zou opgeven na de moord op haar Meester.

'Je moet ons vertellen wat je nu nodig hebt,' vervolgde hij terwijl hij haar zachtjes tegen zich aan trok. "Wat je hebt meegemaakt was op zijn 'zachtst gezegd traumatisch en ik geloof dat je heel moedig bent tegenover het oordeel van anderen. Je kunt niet elke hatelijke opmerking meenemen, soms zijn er andere redenen waarom mensen de dingen zeggen die ze zeggen. inspraak."

'Ik voel me op dit moment niet erg moedig,' fluisterde Susan.

'Anne was een beetje boos dat je haar niet had gebeld en haar niet had verteld wat je van plan was en dat ze je haar advies niet had laten geven, zoals vroeger,' gaf Andrew toe. 'Net als de rest van ons rouwde ze samen met jou om Robert en wist niet wat ze moest zeggen of doen. We hoopten allemaal dat je naar ons toe zou komen als je er klaar voor was. Alan en ik, als je voogden, bevinden ons in een unieke positie waarin je moet naar ons toe komen als je deel wilt blijven van de wereld die Robert je heeft gegeven, maar Anne hoopte dat je haar nog steeds in vriendschap zou opzoeken. Ze had niet moeten zeggen wat ze zei, en ze zal worden gestraft door vanavond niet aanwezig te zijn maar probeer te begrijpen dat ze je hechte vriendschap gewoon mist."

'Ik ben zo'n vreselijk persoon,' huilde Susan bijna. 'Ik blijf zo wreed zijn tegen de mensen om wie ik geef, en deze keer was ik zo gefocust op wat ik nodig had...' Haar stem stierf weg.

'Het zal gemakkelijker worden, en er is niets dat niet op tijd kan worden gerepareerd', stelde Andrew haar gerust, maar liet haar de schuld en het schuldgevoel voor haar daden op zich nemen.

'Ik verwacht dat er na de afgelopen zes maanden nogal wat mensen zijn die excuses en uitleg van mij verdienen', gaf Susan toe. Terwijl ze naar de auto liepen en naar het restaurant reden, overwoog ze hoe ze dit zou doen.

Tijdens de maaltijd gaf Alan haar zijn mening over haar bedrijfsplan. Het was rauw en er zaten gaten in, maar hij dacht dat de knikken konden worden uitgewerkt en verbeterd om er een goed voorstel van te maken. Hij stelde een cyclus van zaken en training van twee weken voor , zodat er elke maand vooruitgang kon worden geboekt met zowel haar persoonlijke als haar bedrijfsplan. De eerste twee weken van de zakelijke kant bracht hij door met hemzelf of een andere directeur van het bedrijf om de knikken in haar voorstel uit te werken. Dit zou betekenen dat ze vroeg of laat een kantoor en een persoonlijke assistent bij het bedrijf nodig zou hebben.

'Mag ik Cassandra alsjeblieft even vasthouden?' vroeg Susan een beetje verward.

'Natuurlijk,' zei Alan grootmoedig, 'maar Cassandra is al ver over de pensioengerechtigde leeftijd en je moet echt ook andere opties overwegen. Het kan zijn dat ze niet meer terug wil komen of maar voor een korte tijd wil blijven.'

'Ik heb ook een idee over de kantoren,' kauwde Susan op haar lip. 'Maar het zal waarschijnlijk klinken alsof ik weer verwaand en veeleisend ben.'

"Na vanavond, wanneer zowel je persoonlijke als zakelijke plannen zijn opgesteld en goedgekeurd, betwijfel ik of er nog een kans voor je zal zijn om verwaand of veeleisend te zijn, dus laten we die nemen," lachte Alan.

'Nou...' Ze aarzelde en haalde diep adem voordat ze zei wat ze dacht. "Andrew gaf toe dat hij de leiding van het bedrijf aan jou overlaat en dat hij er alleen is voor de echt grote beslissingen." Andrew trok een wenkbrauw op, maar knikte. 'Zou het niet beter zijn als Alan en degene die tijdens zijn afwezigheid de leiding had over de zaken, als die er al is, de suites hadden om klanten te vermaken en dergelijke. Ik bedoel, jullie twee zouden van kantoor kunnen wisselen, wie de persoon ook is die het beste een stap verder kan komen. als het nodig is, kunnen zij mijn kantoor krijgen, en ik zal het hunne overnemen."

'Klinkt logisch,' beaamde Andrew, erkennend dat hij er nauwelijks was om gebruik te maken van de reeks kamers die hij bewoonde.

'Ik denk dat het misschien te vroeg is om de structuur te veranderen van die van Robert. Er zijn verschillende mannen geweest die de afgelopen zes maanden van onschatbare waarde zijn geweest en die deel uitmaken van de reden dat het bedrijf nog steeds grote winsten voor ons allemaal maakt. " Alan dekte zich af.

'Maar ze heeft gelijk,' zei Andrew serieus. 'Robert zou het bedrijf nooit alleen in mijn handen hebben gelaten. Hij was altijd degene die het bedrijf bestuurde en nu de recente gebeurtenissen zo zijn, moeten wij, wat betekent dat jij, waarschijnlijk moet kijken wie het schip zou kunnen besturen als er iets ongewoons zou gebeuren.' Alan knikte maar leek bezorgd over de discussie.

'Heb je genoten van je avond met Wildman?' vroeg Alan, omdat hij het gesprek snel wilde veranderen, omdat hij tijd nodig had om na te denken over wat Susan en Andrew hadden gezegd en zich afvroegen of hij door de nieuwe CEO van zo'n groot en winstgevend bedrijf een doelwit was.

' Ja , dank je,' bloosde Susan diep voordat ze eraan toevoegde: 'Heel graag.'

"Goed, dan is vanavond een no-brainer. James zal iedereen vertellen wat ze moeten doen, en wij zullen hem steunen. Het zou snel voorbij moeten zijn," grijnsde Alan naar Susan. 'Dat was een heel slimme manoeuvre die je daar hebt uitgevoerd, kleintje.' Ze beantwoordde zijn glimlach nog steeds blozend, en ze spraken over de training en de verschillende Meesters die Robert had benaderd om haar training aan te vullen. Uiteindelijk keek Alan op zijn horloge en verklaarde dat ze moesten vertrekken.

Toen ze bij de club aankwam, was Susan bang dat ze zich moest omkleden, maar Alan en Andrew namen haar meteen mee naar de bijeenkomst. Toen ze het grote hol binnenging, keek ze om zich heen en zag de mensen die ze kende. Ze glimlachte naar hen allemaal en ging ongemakkelijk in haar jurk tussen Alan en Andrew knielen. De tweeling was met hun meisjes gearriveerd; James had Sara niet meegenomen; Bill was ook alleen en zat in gesprek met Josie en haar meisje Gian. Barry en Cinthia stonden iets uit elkaar, met Barry en Gregory vlakbij. Het leek erop dat iedereen vroeg was gearriveerd, en Susan voelde vlinders in haar buik terwijl ze de blikken verdroeg die iedereen haar toewierp.

'Goed, we zijn er allemaal. Barry, jij hebt deze vergadering belegd, dus laten we doorgaan,' zei Andrew serieus.

'We moeten eerst van het slavenvlees afkomen,' zei John Goodman, terwijl hij om zich heen keek.

'Stuur de jouwe als je wilt, maar de rest mag blijven wat hen betreft,' zei Barry abrupt. Hij verklaarde dat Robert minstens vijf van de aanwezige Masters had benaderd om te helpen bij de training van zijn meisje Susan. Hij vond het nog steeds passend dat ze de training zou krijgen die hij voor haar had gepland om haar te helpen veilige, verstandige en consensuele keuzes te maken binnen hun levensstijl. Hij ging verder en herinnerde de dominante meisjes die ze allemaal kenden en die in een vergelijkbare positie verkeerden, waarin ze gedeeltelijk waren opgeleid en minder gunstige matches hadden gemaakt met Masters die nieuw waren voor hun levensstijl. Hij sprak over het onlangs doen van een aanbod aan Susan en haar daaropvolgende terugkeer, en Andrews keuze om af te wijken van Roberts oorspronkelijke plan. Hij vond het alleen maar goed dat Susan eerst naar zijn ranch ging om de training te volgen die hij had aangeboden. Ten slotte ging hij zitten en opende zijn armen alsof hij anderen uitnodigde iets te zeggen.

'Het lijkt mij,' zei James langzaam en weloverwogen, 'dat als je Roberts plan om dit kleine meisje op te leiden als reden gaat aanhouden om te onderbreken wat er de afgelopen vierentwintig uur is gebeurd, je je daar volledig in vergist. Susan gaat eerst naar jouw ranch." Hij keek naar alle dominanten in de kamer die hun aandacht opeisten.

'Zie je,' hij pakte Susans werkagenda van het bureau voor hem, 'volgens het echte schema dat Robert zelf had opgeschreven, was het mijn Sara die als eerste aan de beurt was, gevolgd door Shaky, Samantha en daarna Cinthia en Anne. meisjesnaam geschreven op elk van de vijf dagen van haar werkweek." James plaatste het open dagboek terug op tafel, zodat anderen het konden bekijken.

"Dit boek lag hier in de studeerkamer. Andrew had natuurlijk informatie gezocht over de training die Robert had opgezet. Nadat hij dit had gezien, nam hij contact met mij op met betrekking tot Susan's verzoek om haar training te hervatten na jouw onaangekondigde bezoek aan Susan bij haar terugtrekken," zei James waardoor de motieven van de Barry achterbaks leken. Er klonk een gemompel onder de andere Meesters dat hij nog een minuutje liet voortduren voordat hij zijn hand opstak. "Ik ben een oude man en Sara is voor mij meer dan genoeg om mee om te gaan, dus vroeg ik een man die ik als mentor had begeleid en aan wie ik Sara's leven zou toevertrouwen om de kleine Susan in mijn plaats op te leiden."

'Daar zie ik geen probleem in; Andrew is haar voogd, samen met Alan,' zei Bill schouderophalend en uitte zijn mening. "Het zou eigenlijk niets met de belanghebbenden te maken moeten hebben, ze is geen eigendom van de club en heeft ook geen invloed op de werking ervan. Het is toch het beste om deze zaak in de handen van haar voogden over te laten." Bill was nog steeds niet in het reine gekomen met wat er in Italië was gebeurd. Hij geloofde dat het verlies van zijn vrienden en het trauma dat Susan had doorgemaakt voorkomen hadden kunnen worden als hij sneller was geweest in het samenbrengen van de stukjes van Lucifers identiteit. Schuldgevoel kwelde hem, en hij vond het moeilijk om in dezelfde kamer te zijn als Susan en haar toekomst zonder Robert te bespreken.

'Precies mijn gedachten,' beaamde James. 'Ik geloof dat deze overhaaste ontmoeting niets anders heeft gedaan dan een klein meisje van streek maken, dat moedig probeerde de stukken van haar verwoeste leven op te pakken.' Hij keek veelbetekenend naar Barry.

'Dat was helemaal niet mijn bedoeling,' zei Barry met enige woede in zijn stem. 'Er was niets achterbaks in mijn oproep voor deze bijeenkomst, alleen maar om een duidelijke kennis te krijgen van de daden en bedoelingen van Andrew. Ik wil alleen dat Susan veilig en gelukkig is.'

Masters willen voorleggen dat Robert deed. benaderen en degenen die hij niet de kans gaf om hun begeleiding aan Susan aan te bieden via Andrew." Opnieuw zweeg hij even voor het gemompel en het instemmende knikje. 'Ik zou willen voorstellen dat als iemand van jullie nog steeds bereid is om de kleine training aan te bieden, overweeg dan een man te kiezen die je vertrouwt en die je bij voorkeur zelf hebt begeleid. Ze zouden die training kunnen volgen, onder jouw nauwe toezicht, als je dat wilt, maar niemand... des te minder iemand die in de toekomst haar Meester zou kunnen worden, tijdens de training een sterke band zou moeten vormen.'

'Akkoord,' zei John Goodman verrassend genoeg. "Over welk tijdsbestek hebben we het? Het trainen van een meisje dat naar mij toekomt zou langer duren dan de meeste anderen, omdat het een veeleisende praktijk is, inclusief dans- en bewegingsstijlen."

"Ze heeft ook een terugkeer nodig naar het bedrijf waar ze nu een minderjarige partner in is, dus we zullen de training spreiden tussen werkverplichtingen," voegde Alan toe aan het gesprek. 'We hebben een interval van twee weken overwogen . Als dat niet genoeg is, kunnen we met je onderhandelen, John.' John knikte en leunde achterover en keek naar het kleine meisje dat deze ophef had veroorzaakt, zich afvragend of ze sterk genoeg was om als een slaaf van Gor te worden behandeld.

'Ik doe mee,' zei Steve, 'bel me maar om de timing af te spreken, dan kijk ik of mijn man beschikbaar kan zijn.

'Je zou me kunnen toevoegen aan de lijst die je leuk vindt,' Josie zwaaide met haar hand, 'Robert heeft het mij niet gevraagd, maar ze kan net zo goed de ervaring hebben van een volledig afgeronde training.' Andrew knikte en Susans ogen werden een beetje groter toen Gian verlegen naar haar glimlachte.

"Kom hier kleintje," zei James zachtjes tegen Susan. Ze ontvouwde zich wankel en liep naar zijn voeten toe, zodat hij haar op zijn schoot kon trekken. "Je hebt gehoord wat we allemaal zeiden, maar zoals altijd heb je een keuze. Ik ken Robert goed genoeg om te weten dat hij je altijd de keuze gaf bij beslissingen over grote levens. Jouw vermogen om dit leven wel of niet te kiezen is je grootste troef", glimlachte hij. bij haar. "Dus hier is je kans om gehoord te worden, je bent hier veilig en we zullen naar je luisteren."

'Mag ik alstublieft gaan staan, Meester James,' zei Susan rustig. James glimlachte en hielp haar overeind.

" Allereerst wil ik jullie allemaal bedanken voor jullie komst vanavond. Velen van jullie kennen mij nauwelijks en toch hebben jullie allemaal geluisterd en ingestemd met wat er is gezegd. Ik heb slecht gehandeld in mijn verdriet, door mijn vrienden en de vrienden van mijn vader buiten te sluiten." Meester, en daarvoor bied ik mijn oprechte excuses aan", keek ze nadrukkelijk naar Cinthia voordat ze haar blik op de andere meisjes richtte die bemoedigend glimlachten.

"Eerlijk gezegd had ik er niet aan gedacht om de training die mijn Meester had opgezet te hervatten totdat Meester Barry en Cinthia mij kwamen opzoeken, maar het idee sprak mij enorm aan en daarom ben ik teruggekomen en met Meester Andrew gesproken. Dat zal ik doen. Ik houd mij met plezier aan wat voor mij is besloten en had niet verwacht dat de zaken zo snel zouden worden doorgevoerd. Ik ben een beetje overweldigd en wil jullie allemaal bedanken voor jullie aanbod om mijn training voort te zetten. Ik respecteer en vertrouw zowel Meester Andrew als Meester Alan en ik hoop dat ik, met hun hulp, mijn Meester, Robert, trots kan maken op de manier waarop ik ervoor heb gekozen om te blijven leven zoals hij wilde, zelfs als hij er niet meer is.' Haar stem stokte en ze trok haar schouders naar achteren en wilde niet huilen.

"Ik begrijp dat jullie allemaal een druk leven hebben en dat het moeilijk kan zijn om een meisje op te leiden dat niet van jou is. Mocht je jouw schema of dat van anderen voor mij veranderen , dan zal ik mijn uiterste best doen om te bewijzen dat ik het waard ben Ik zou heel graag vanavond willen terugkeren naar William Wilder, en jou, de Meesters die ik zo respecteer, en Meesteres,' Susan boog haar hoofd naar Josie, 'laten bepalen wat er daarna gaat gebeuren.'

'Dus zal ik haar vanavond terugsturen naar Wildman, Barry?' vroeg Jakobus.

'Wat u heeft gezegd en wat Susan zelf heeft gezegd, heeft mij ertoe aangezet mijn eerdere verklaring in te trekken. Ik zal haar situatie echter elke week controleren om haar veiligheid en geluk te garanderen,' zei hij serieus.

'Misschien zou een onpartijdige scheidsrechter het beste zijn,' opperde James. 'Misschien zou Gregory, die hier zo goed voor de meisjes zorgt, wekelijks voor je kunnen rapporteren. Hij heeft nu een tweede hier bij de club, geloof ik, en hij zal er misschien van genieten. nieuwe taken op zich nemen."

'Hij heeft het al druk...' Barry probeerde de draad vast te houden die hem met Susan zou verbinden totdat ze naar hem toe kwam voor training.

'Het zou een interessante verandering van tempo zijn,' onderbrak Gregory zijn woorden. Er waren spanningen geweest tussen Andrew en Barry sinds de dood van Robert en hij kon dit probleem als een nieuw twistpunt zien, terwijl hij in werkelijkheid de kans verwelkomde om de veiligheid van Susan te garanderen, zoals hij de afgelopen zes maanden stilletjes had gedaan.

' Nou , als dat voorbij is, moet ik gaan.' Bill kon de droefheid van de stem van het kleine meisje niet langer verdragen. Er klonk een instemmend gemompel en met een armgebaar liep hij de kamer uit. Op zijn voorstel vertrokken verschillende andere belanghebbenden achter hem aan, omdat ze de spanning tussen Andrew en Barry voelden die beter zou kunnen worden aangepakt zonder hun aanwezigheid. Binnen een kwartier waren het Barry, James, Andrew en Alan die bij Gregory bleven die dicht bij Susan zweefde.

'Ik zal Susan en Cinthia naar haar appartement begeleiden, zodat ze zich kan omkleden, als er meer over dit onderwerp te zeggen valt,' bood Gregory intuïtief aan, zich realiserend dat James waarschijnlijk de beste man was om tussenbeide te komen in de spanning tussen Andrew en Barry over Susan's problemen. welvaart voordat het een groter probleem werd.

Toen Gregory de deur sloot, hoorde hij James zeggen: 'Als je je ego lang genoeg opzij had kunnen zetten om Andrew te bellen en het te vragen, had je dit allemaal kunnen vermijden en dat kleine meisje onder nog meer druk gezet hebben.'

De meisjes zwegen terwijl ze met de lift naar boven gingen, en Gregory liet Susan haar appartement binnen. Hij nam plaats in een comfortabele stoel toen ze Susans kamer binnengingen.

"Cinthia, het spijt me, ik moest het Andrew vertellen, hij komt op dit moment het dichtst in de buurt van Master. Ik moest hem vertellen dat ik de laatste tijd niet de beste beslissingen in mijn eentje heb genomen," begon Susan.

'Je had nog steeds met mij kunnen praten, Anne, een van de meisjes...' zei Cinthia met pijn in haar stem.

'En wat dan? Even wegrennen naar de ranch? Zijn Andrew of Gregory gekomen om mij terug te slepen om uitleg te geven?' zei Susan gefrustreerd. "Ik weet niet hoe het voor jou en de andere meisjes is, maar er zijn zoveel mensen die naar elk klein dingetje kijken dat ik doe. Als ik te vaak een scheet laat , word ik naar de dokter gerend!" Ze ging op de rand van het bed zitten, met haar hoofd in haar handen. 'Het lijkt erop dat wat ik ook doe, het verkeerd is, en dat is al zo sinds de dood van Robert. Misschien had ik gewoon moeten onderduiken in plaats van terug te komen, maar het is nu te laat, dus ik moet er het beste van maken.'

Cinthia ging naast haar op bed zitten en sloeg een arm om haar schouder. "Je bent altijd het kleine, onschuldig ogende wezentje geweest. Anne en ik willen je alleen maar helpen, voor je zorgen, op onze eigen manier. Je praat niet meer met ons over wat er met je aan de hand is sinds..." Cinthia zuchtte. 'Ze belde me, voordat je arriveerde, in tranen. Ze zei een paar gemene dingen, maar je moet weten dat ze ze echt niet meende. We zijn je vrienden, we willen alleen maar helpen, en jij lijkt dat ook te zijn. ons buitensluiten."

'Het spijt me, maar tot gisteravond wist ik niet eens zeker of ik dit wilde,' probeerde Susan uit te leggen. "Ik weet niet wie ik ben zonder Robert , maar het voelde goed om een Meester te hebben die niet de behoefte voelde om mij te behandelen als een kapot stuk speelgoed of alsof ik elk moment zou kunnen uiteenspatten. Het voelde goed om niet na te hoeven denken "Gehoorzaam gewoon. Dat is wat ik nu nodig heb, en het is het enige waar ik zeker van ben. Ik wil niet meer praten over wat er in Italië is gebeurd. Ik wil niet praten over hoe ik me voel of dat ik Het gaat voorlopig goed. Ik wil niet iedereen helpen met hun verdriet om te gaan door die details opnieuw te beleven. Ik heb nachtmerries, ik schrik van harde geluiden, ik wil niet met al die mensen daar beneden praten over Robert en hoe Ik heb het gevoel dat ik verder moet, anders word ik gek."

Cinthia knikte. Ze had zich niet gerealiseerd hoe de goede bedoelingen om Susan dicht bij zich te willen hebben, zodat ze voor haar kon zorgen en met haar konden praten, een negatief effect zouden hebben. Ze stond op en liep de kledingkast in, terwijl ze door de kleren snuffelde terwijl ze nadacht over Susans woorden. ' Als je vastbesloten bent om te gaan, kun je beter iets geschikts dragen,' zei ze met haar diepe, rijke stem.

'Hij zit op de fiets, dus laarzen zouden handig zijn,' zei Susan zachtjes fronsend bij de verandering van stemming.

'Als ik het me goed herinner, is hij fan van het uiterlijk van een sletterig schoolmeisje ,' Cinthia haalde een geplooide rok met Schotse ruit en een doorschijnende witte blouse tevoorschijn. Susan lachte droevig en knikte, terwijl ze de kleren uit Cinthia's handen pakte.

Een uur later liep Wildman de studeerkamer van de club binnen, pakte Susan op in de greep van een brandweerman en gromde tegen Andrew: 'Ik breng haar zondagavond terug.' Toen vertrok hij zonder enige erkenning van de andere mensen in de kamer. Hij dumpte haar achterop zijn fiets, gaf haar een jas en een helm voordat hij erop klom, en de fiets brulde onder hen tot leven.

Ze kwamen aan bij zijn pakhuisappartement en reden de garage in. Voordat de roldeur dicht was, merkte Susan dat ze de helm en het jasje had afgedaan en opnieuw over een brede schouder in de greep van een brandweerman zat terwijl hij met twee trappen tegelijk de trap op ging. Terwijl hij door de enorme opslagruimte liep, stopte hij uiteindelijk in de verre donkere hoek van de slecht verlichte kamer. Hij zette haar op het kleine, halve bed waar ze de avond ervoor op had geslapen en begon kaarsen aan te steken in de kleine ruimte. Het leek Susan dat hij enige tijd had genomen om zich op haar terugkeer voor te bereiden.

'Het is laat,' gromde hij uiteindelijk tegen haar, 'je hebt me veel te lang op je telefoontje laten wachten.'

'Het spijt me heel erg, Sire,' zei Susan berouwvol, terwijl ze heel goed wist dat ze niet eerder contact met hem had kunnen opnemen dan zij had gedaan.

'Dat zal wel zo zijn,' zei hij met een grijns. 'Sta op,' beval hij. Susan stond op en hij streek met zijn hand over haar been om haar kut te voelen. 'Ik had een regel hierover,' zijn stem zakte lager en zijn vingers krulden zich om de dunne stof en rukten ze met kracht van haar lichaam, waardoor ze naar hem toe strompelde. Hij pakte haar tussen zijn handen, tilde haar op en hing haar over de rugleuning van de leren stoel; ze merkte dat ze haar handen op de kussens moest steunen, omdat ze door de hoge rugleuning gevaarlijk bungelde. Ze hoorde de riem eerder dan dat ze hem door zijn riemlussen zag fluiten toen hij hem uittrok, en ze wachtte gespannen op de eerste klap.

Susan voelde zijn hand in plaats van de riem tegen haar kont terwijl hij de ronde wangen streelde en de rok die ze nog steeds droeg hoog optilde. De zachte, tedere aanrakingen brachten haar in de war, het was niet wat ze van hem had verwacht na gisteravond en vanochtend. Ze had verwacht behandeld te worden als een seksspeeltje en hard gebruikt te worden, niet gestreeld en met zorg behandeld.

'Je was te laat en je droeg ondergoed. Je beseft dat ik zo'n doelbewuste overtreding van de regels niet ongestraft kan laten,' zong Sire met zachte stem terwijl zijn hand zachtjes over haar huid bewoog. Toen hij zag dat ze zich ontspande onder zijn zachte aanraking, hief hij de riem op die hij dubbel had gevouwen in zijn andere hand en bracht hem twee keer tegen haar kont aan, waarbij hij in een patroon van een acht bewoog en elke wang van de perfect ronde kont markeerde. Tevreden met haar gegil sloeg hij opnieuw naar haar voordat hij eiste: 'Herinner je je veilige woord?'

'Ja, Sire,' jammerde ze, 'Fruitloops, Sire.'

"En wil je er gebruik van maken?" zijn arm zwaaide in een boog in de vorm van een acht, waardoor haar kont nog verder werd gekleurd.

'Nee, Sire,' riep Susan uit.

liet de riem vallen, pakte haar op en bracht haar voor de stoel terwijl hij ging zitten, en ging verder met het boeien en omdoen van haar. Zijn hand gleed langs haar been omhoog en speelde met haar kut terwijl hij haar enkels vastmaakte. "Verdomd hete kleine pijnslet," kreunde hij terwijl zijn vingers in haar duwden en in en uit de druipende nattigheid pompten, waardoor ze hijgde van haar behoefte. "Je houdt ervan, nietwaar, vervelende meid, hijgend als een kleine teef die loops is," hij trok zijn vingers terug en duwde ze diep in haar mond, waardoor ze moest kokhalzen terwijl hij toekeek hoe haar betraande gezicht zachtjes kleurde.

'Uitkleden,' beval hij terwijl hij zijn vingers uit haar mond trok. Hij verwonderde zich opnieuw over het perfect gevormde kleine jonge meisje, haar borsten hoog en parmantig maar nog steeds rond ondanks het kleine formaat, haar heupen hoekig, maar hij stelde zich voor dat ze met een beetje gewicht prachtig zouden rondbogen naar de hartvormige kont die die droeg. de sporen van haar straf. Hij voelde zijn pik verharden van waardering. Hij merkte de kleine, fijngelijnde tatoeage op die haar markeerde als eigendom van iemand die haar voor altijd als zijn eigendom had willen houden, maar negeerde die voorlopig, omdat hij wist dat die waardevol was voor het meisje dat hem droeg.

Sire trok Susan naar voren en sloeg zijn lippen om een tepel en voelde de harde knop onder zijn tong rollen voordat hij erop beet en zich terugtrok en het vlees van haar borst strekte. Susan hapte naar adem en beet op haar lip, terwijl hij een kreet onderdrukte terwijl hij hem losliet, waarna hij een krokodillenklem in haar tepel voelde bijten, maar terwijl zijn mond aan de tweede tepel werkte, jammerde ze terwijl zijn tanden in het vlees beten dat het van haar lichaam uitstrekte. Ze schreeuwde het uit en beefde toen de tweede klem werd vastgemaakt.

'Huilbaby,' plaagde hij, 'we zijn nog niet eens bij het leuke gedeelte aangekomen,' grinnikte hij terwijl hij een derde klem omhoog hield aan een lange ketting die vastzat aan die aan haar borsten. Susan zoog haar lip tussen haar tanden en knipperde de tranen uit haar glazige ogen. Ze voelde hoe zijn vrije hand haar kut begon te strelen, terwijl zijn vingers snel haar klitje vonden en rolden. Ze was een hijgende puinhoop toen ze na wat een leeftijd leek de veelbetekenende tekenen van een naderend orgasme voelde, ze de klem voelde op het kleine kernje dat op dat moment het hele centrum van haar wezen was. Ze schreeuwde het uit, terwijl haar lichaam trilde van nood en pijn. Het witgloeiende licht van hevige pijn brandde in haar hersenen, en zijn handen pakten haar op terwijl haar benen begonnen te weigeren haar gewicht te dragen.

Terwijl hij haar dwong schrijlings op de armleuningen van de stoel te gaan zitten waarin hij zat, leunde hij haar achterover en leidde haar bijna ondersteboven langs de lengte van zijn uitgestrekte benen. Hij duwde drie vingers één voor één in haar strakke gaatje, neukte haar ermee, strekte haar wijd uit en luisterde naar haar hysterische snikken van plezier en pijn. "Kom klaar, vervelende kleine klootzak," brulde hij tegen haar en ze boog zich overeind en brulde het orgasme uit dat haar lichaam verwoestte, waardoor ze schokte en kramp kreeg toen ze in een high zweefde die ze al zo lang niet meer had gevoeld.

Ze was zich nauwelijks bewust van iets anders dan de rivieren van elektrische vlinders die op en neer door haar lichaam fladderden en haar denkprocessen deden smelten. Toen ze langzaam terugkwam in de realiteit, merkte ze dat ze nu over zijn benen op haar buik lag en dat ze zijn ingevette vingers in haar hand had. strakke lul en wijd uitgerekt met een schaaractie.

Zwaar hijgend fladderden haar ogen, en ze kreunde en jammerde omdat hij haar lichaam bleef gebruiken na zo'n geestverruimend orgasme. Toen Sire zag dat ze bij haar begon te komen, tilde hij haar op tot een zittende positie, hoog boven zijn inmiddels keiharde pik, terwijl haar benen nog steeds schrijlings op de armleuningen van de stoel zaten en haar op haar plaats hielden. Hij sloeg een arm om haar middel en dwong haar haar nu gestrekte kont op zijn pik te laten zakken, terwijl hij hem naar het gat hield dat hij had voorbereid. Luid kreunend toen het hoofd het portaal binnenging en het kleine gaatje hem stevig vasthield, genoot hij van het gevoel van haar en de geluiden van haar onderwerping aan zijn duistere verlangens.

Hij plaatste beide handen op haar heupen, duwde haar zwaar op zijn pik, begroef zichzelf in haar en gromde diep van het genot ervan. Hij begroef zijn vingers in haar heupen en begon haar op en neer langs zijn pik te bewegen, grommend in haar oor en spelend met de ketting die haar tepels nog steeds met haar clitoris verbond. Omdat hij voelde dat zijn eigen orgasme veel te snel naderde, dwong hij haar hard op zijn pik te drukken, waardoor ze het opnieuw uitschreeuwde en haar tegen zijn lichaam aan trok. Hij reikte om haar heen en maakte voorzichtig de klem van haar klitje los, terwijl hij haar voelde trillen en schreeuwen van de pijn. Haar lichaam boog zich hard en drukte het nog harder op zijn pik.

Sire begon zonder veel kracht op haar kut te slaan, maar genoeg om de pijn die ze voelde in haar kleine lijfje te laten stromen terwijl de spieren rond zijn pik werkten. "Kom, laat me zien wat voor een pijnhoer je werkelijk bent," kreunde hij in haar oor en bleef nat op haar kut slaan. De klemmen op haar tepel stuiterden bij elke klap en haar beweging op zijn pik en Susan brulde de grote ruimte in, haar hersenen buigden zich naar zijn wil van de pijn en het plezier dat hij haar gaf.

Het was meer dan Sire aankon, en hij tilde haar gemakkelijk op en duwde haar op de grond aan zijn voeten terwijl ze trilde van haar orgasme. Ze pakte een handvol haar, gaf haar zijn pik en begon haar gezicht te neuken, haar mond wijd open en snakkend naar lucht, haar ogen bijna rollend in haar hoofd terwijl de tranen over haar wangen rolden. Hij trok de klemmen van haar tepels en overstemde haar geschreeuw met zijn pik terwijl haar orgasme haar bleef schudden, en hij kwam zijn zware lading over haar tong en gezicht spuiten.

Hij liet haar haar los, liet haar uiteindelijk op de grond vallen en staarde naar het kleine meisje. Hij had haar hard onder druk gezet en wilde dat ze een veilig woord zou gebruiken . Eerlijk gezegd kon hij niet geloven dat ze dat niet had gedaan, maar Cassandra had hem gewaarschuwd dat ze alles zou nemen wat haar werd gegeven, en erop zou vertrouwen dat de dominante haar grenzen zou kennen, zelfs als hij haar onbekend was. Haar onschuld en naïviteit binnen de levensstijl was iets dat Robert had gekoesterd, en hij had haar uithoudingsvermogen opgebouwd voor de pijn die hij haar had toegebracht en haar ernaar had doen verlangen. Maar zoals ze nu was,

was ze gevaarlijk, ze moest haar eigen grenzen van uithoudingsvermogen beseffen.

Het verontrustte hem enorm dat ze geen gevoel van zelfbehoud had en zag hoe haar kleine lichaam zelfs in haar gedeeltelijk comateuze toestand nog steeds lichtjes trilde; hij besefte wat de prioriteit moest zijn en waarom hij was gekozen als haar eerste trainer toen ze terugkeerde naar hun levensstijl. Hij pakte haar op en nam haar mee naar zijn grote bed, waar hij een waskom en een washandje pakte en haar zorgvuldig en voorzichtig schoonmaakte. Hij glipte bij haar in bed, hield haar stevig vast en herinnerde zich wat Cassandra hem had verteld over Roberts dood. Hij was gestorven terwijl hij haar beschermde, en ze zat gevangen onder zijn lichaam, bedekt met zijn bloed totdat de bestuurder van de auto haar had kunnen bevrijden, waarna de man was doorgereden, terwijl hij stervende was aan zijn eigen verwondingen, om haar in veiligheid.

Ze had op zoveel manieren training nodig, maar vooral had ze genezing nodig. Hij hield haar in zijn armen en staarde naar het plafond, terwijl hij probeerde te bedenken hoe hij haar zou leren dat zelfbehoud veel wenselijker was dan gehoorzaamheid en blind vertrouwen in een dominante.

EINDE

www.ingramcontent.com/pod-product-compliance
Lightning Source LLC
LaVergne TN
LVHW101950220826
846093LV00006B/164

* 9 7 9 8 2 2 4 1 3 4 8 5 4 *